徳間文庫

# 顔 FACE

横山秀夫



徳間書店

目次

# プロローグ

三月初め。微風。快晴。いまは廃校となった山あいの分校の跡地に、十人ほどの若者が手に手にスコップを持って集まった。

タイムカプセル開封――。

湿気による腐蝕(ふしょく)が心配されたが、文集も図画もどうにか無事だった。拍手と歓声。笑顔が重なる。弾む輪の中で、この日、仕事で来られなかった「ミーちゃん」の作文が読み上げられ、ひとしきり話題の中心となった。

わたしのゆめ

わたしのゆめは、ふけいさんに、なることです。小がっこうへ行って、こうつうルールを、おしえます。くるまに、ぶつかって、けがをしたら、たいへんだからです。

それから、わるい人も、いっぱい、つかまえます。まちには、わるい人が、いっぱい、いるそうです。

それから、おとしよりや、あかちゃんに、やさしくします。それから、パトカーにのって、パトロールもします。

ふけいさんは、すごーく、かっこいいです。ぜったい、ぜったい、ふけいさんに、なりたいです。

（一ねん一くみ　ひらのみずほ）

# 魔女狩り

## 1

——ああ、もう死んじゃう。

末席の机で広報紙用のイラストを描いていた平野瑞穂(みずほ)は、たまらず席を立った。D県警本部の本庁舎一階、玄関を入ってすぐ右手の広報室はひどく手狭で、四人の室員が顔を揃(そろ)えれば、それだけで息苦しさを覚えるほどだ。そこへもってきて、ソファにはF日報のサブキャップ、脇坂が居座っている。むさ苦しい巨漢。大声。やたら尖(とが)った目つき。他社に特ダネを書かれた腹いせに、もう半時(はんとき)も広報官の船木を詰(なじ)っている。

「ねえ、広報官、ホントにわかってんの？　各社もう爆発寸前なんだよ」

「わかってるって、ワキちゃん。ちゃんとわかってるんだからさ」

渋面の船木の背後に回り込み、瑞穂は音を殺して窓を開いた。上半身を外に突き出し、深く息をする。心地いい。雨あがり特有の、土と草が囁(ささや)き合うような匂(にお)いが、鼻孔から胸へと取り込まれていく。

外――。こんな瞬間、外の仕事に戻りたいと心が騒ぐ。

巡査を拝命して六年目。二十三歳。ここ秘書課の広報公聴係に配属される前は、鑑識課の機動鑑識班の一員だった。事件の被害者や目撃者から犯人の特徴を聞き出し、似顔絵を作成する準専門職。やり甲斐(がい)があった。誇りもあった。なのに――。

「平野――平野巡査」

ハッとして振り向くと、受話器を首に挟(はさ)んだ南係長が頭の上でメモ用紙を振っていた。

「これ、各社に伝えてくれ」

「はい」

瑞穂は走り書きに目を落としながら広報室を出た。廊下を歩くでもない。部屋を出てすぐ隣が記者室である。

なぜ警察の庁舎の中に、新聞社やテレビ局の出張所のようなものがあるのだろう。婦警になりたての頃、この部屋の前を通るたび、そんな漠然とした疑問を感じていた。報道機関へのサービスだと誰かから聞かされた。別の誰かは、マスコミをコントロールするためだと小声で言った。どちらも的外れではなかったと、今ならわかる。

「失礼します」

瑞穂は記者室のドアを押し開き、ソファセットのある部屋の中央まで進み出た。不意に鼻をついた香水の匂いにむせそうになったが、構わず声を張り上げた。

「各社お揃いですか——午後五時から捜査二課の発表があります」

部屋には十人ほどの記者がいたが、瑞穂の声に反応した顔はわずかだった。

大人げない。そう思う。

捜査二課はいま、先の総選挙を巡る大掛かりな現金買収事件を手掛けている。各社の取材競争も熱を帯び、記者たちは朝に夜に捜査員の官舎を回り、捜査情報を得ようと懸命だ。しかし、その結果はというと、中央紙の一つJ新聞が特ダネを連発し、一人勝ちといっていい。今朝もやった。朝刊の県版で〈出納責任者から事情聴取〉と捜査の核心部分をスッパ抜いたのだ。五時にセットされた捜査二課の発表は、その特ダネ記事の追認だとわかっているから、他紙の記者たちは一様に白けきっている。いや、腹は煮えくり返っているだろうに、精一杯関心がないふうを装って体面を保っているのだ。

そんなあれこれが、瑞穂にもわかるようになった。この半年で。

黒板に「午後五時　捜査二課発表」と書きつけ、瑞穂は踵を返した。と、そのブルーの制服の背中を女の声がつかまえた。

「中身は何ですか」

湯茶セットの置かれている衝立の向こうから、浅川久美子がニコルのワンピースをひらひらさせながら出てきた。いるのはわかっていた。顔を合わすたび嫉妬を強いる大きな瞳と肉厚の唇を持つ彼女は、日々その銘柄を変える香水の主でもある。

「例の選挙違反の続きだと思います」

瑞穂が言うと、久美子は、ああ、やっぱりと白々しく受けて白い歯を見せた。

——厭味よね。

瑞穂と同い歳である久美子は、この一連の事件報道で独走しているJ新聞の二年生記者だ。特ダネを書いているのは、キャップの大島に決まっている。それを、さも自分が書いているかのように振る舞い、辺りで聞き耳を立てている他社の記者たちの神経を逆撫でしてみせるのだ。

久美子の油断のない化粧に当てられたせいか、記者室を出た瑞穂は顔が気になってトイレに向かった。ドアを開くと、ちょうど中から出てきたJ新聞の風間キャップと鉢合わせになった。婦警の採用など考えもしなかった時代に建てられたこの本庁舎は、いまだにトイレの入口が男女一緒だ。無論、内部は改装され、入って手前が男性用、細い通路の左奥が女性用と仕切られてはいるが、壁は薄いし、入口や通路でのニアミスはしょっちゅうだ。

失礼。小さく言って風間は瑞穂のわきをすり抜けた。羞恥に顔が赤らむ。鏡に映すと耳まで赤かった。悔しい。なぜ、よりによってトイレで風間と出くわさねばならないのか。

広報室に戻ると、まだ脇坂が粘っていた。

「どうみても一本釣りだよ。同じ奴がネタ流してるんだよ。ねえ、J新聞にばっか好き放題書かせていいの？　各社にそっぽ向かれたら困るのはそっちでしょうが」

トイレの一件もあって、苛立ちが募った。

他社に特ダネを書かれたのは自分の力不足のせいだろうに、この脇坂という記者の思考はそうは働かない。回りくどく船木を責めているが、要するに、J新聞に情報を流している捜査員の口を封じろ。警察内部の調査で突き止めて罰しろ。そう言っているのだ。

そんなことまでがわかる。この部屋に半年いれば。

ようやくのことで脇坂が消えると、予想通り、船木は荒れた。南係長の椅子を蹴り、音部主任の机には拳を落とした。

「お前ら、記者連中と飲んでるのかよ」

脇坂に言われるまでもない。刑事部内では、情報漏洩者の魔女狩りが始まっている。落選したとはいえ、捜査対象は昨日まで代議士をやっていた男の周辺である。警察が発表していない情報を先走って書かれるのは、捜査の上でも政治的にも極めて具合が悪い。だから、刑事部の内部調査は相当に真剣だ。当然、マスコミ対策を担う広報室だって、呑気に構えているわけにはいかない。次々と特ダネを飛ばしているのはJ新聞の誰なのか。その記者がネタ元にしている警察官は誰か。刑事部に先んじて突き止めねば面子(メンツ)が立たない。

「それぐらいの情報が摑(つか)めんでどうするんだよ。これだから、広報室は昇任試験の勉強部屋だなんて後ろ指さされるんじゃねえか。聞いてるのか、おい。記者と遊ばなきゃ、記者対策なんてできねえだろうって言ってるんだ、俺は」

身を固くする南と音部の気配を感じながら、瑞穂は目を伏せていた。

居たたまれない。広報紙のイラスト描き。新聞記事の切り抜き。電話番。伝令。お茶汲(く)み。部屋の掃除。それが、ここでの瑞穂の仕事のすべてだ。「婦警なんか寄越(よこ)されたんじゃ、一人減と同じじゃねえか」。瑞穂の配属が決まった時、船木が警務課で当たり散らしたという話は、回り回って瑞穂のもとにまで届いていた。

瑞穂は耳を塞(ふさ)ぐ思いで、イラストの女の子の吹き出しにペンを入れ始めた。『へえ、警察っていろんな仕事をしてるのね』。相方の男の子。『うん。困ったときはなんでも相談にのってくれるんだ』。

まだ収まらない。船木の苛立った声――。

えっ……？　名前を呼ばれた気がして、瑞穂は顔を上げた。怒りに満ちた船木の目がこちらに向けられていた。

脳が言葉を再生する。こう言われた。

「おい、平野——隣のお嬢さんたちだってワイングらい飲むだろう」

ワイン……？

翻訳に数秒要した。お前も記者対策をやれ？

違う。本心ではない。腹立ちまぎれに口をついた台詞（せりふ）に決まっている。船木は、瑞穂に何一つ期待などしていない。それが証拠に、もう椅子を回して体の向きを変え、瑞穂の顔を見ようともしないではないか。

だが確かに言った。お前も情報の一つぐらい取ってこい。女性記者の相手は、女のお前がやれ——。

瑞穂は、船木の憮然（ぶぜん）とした横顔を凝視した。

——だったら命令してよ、ちゃんと。

硬い空気を電話のベルが割った。南が受話器をすくう。

「広報官——刑事部長がお呼びです」

「ん」

船木は席を立った。せわしくドアまで歩き、だが戸惑い気味に足を戻して、宙で瑞穂の肩を揉むような手ぶりをした。

「イラスト、早めに頼むな」

猫撫で声だった。

傷口が開いた。

新しくはない、だからといって決して古くなることのない深い傷……。

部屋を出ていく背中に嫌悪しつつ、瑞穂は、いつか友人と連れ立って行った、美味しいワインを飲ませる店の名を懸命に思い出そうとしていた。

## 2

瑞穂は定時に県警本部を出て、六時前には女子寮の門をくぐった。食堂が満席だったので、そのまま二階の部屋に上がった。同室の林純子はまだ帰っていなかった。

高校時代の同級生に、「二人部屋なんだ」と話して絶句されたことがあったが、それは瑞穂の説明不足で、トイレやバスルームのある共有スペースを挟み、鍵の掛かる個室がそれぞれに与えられている。プライバシーはそれなりに保たれているし、二人でいることに慣れてしまうと、一人は逆に落ちつかない。

　瑞穂はベッドに体を投げた。

　殺風景。この部屋はそうだ。以前は壁一面に似顔絵があって賑やかだった。すべて剝がした。画材もスケッチブックも、今はベッドの下で眠っている。

　傷口は開いたままだった。その内部はじくじくと膿んで、薄暗い感情が蠢いている。

　忘れようにも忘れられないあの事件――。

　一年前だった。七十歳の老婆が路上でバッグをひったくられた。瑞穂は現場に飛び、老女から話を聞き、犯人の似顔絵を描き上げた。ほどなく、鑑識課に朗報が舞い込んだ。似顔絵から犯人がわかり、所轄の刑事が逮捕したというのだ。課は沸いた。似顔絵による犯人逮捕の第一号だったからだ。森島課長は喜び勇んで広報室に売り込んだ。記者会見が四時にセットされた。そこまではよかった。瑞穂も夢心地で浮かれていた。だが――。

　所轄で撮影した犯人の顔写真が課に届いた。課員の誰もが絶句した。似ていなかったのだ。瑞穂の描いた似顔絵に。少しも。

　後になって知った。似顔絵を見て「そっくりだ」と証言したコンビニ店主は、以前から犯人の男を知っていた。元暴走族のリーダー。「こいつはいつか何かしでかす」そんな先入観を抱いていたので、似顔絵の髪型と顔の輪郭だけを見て、「あいつに間違いない」と口走ったのだ。

課長は頭を抱えた。会見の時間が迫っていた。既に記者室には「似顔絵逮捕第一号」のお触れも回っていた。いまさら取り消せない。そんな空気が課を支配していた。が、課長が案じた一計は瑞穂の想像を超えていた。似顔絵の改ざん。森島課長は、犯人の顔写真そっくりに似顔絵を描き直せと命じたのだ。

瑞穂は拒んだ。できません。許してください。泣きながら拒否しつづけた。そのとき課長が口にした言葉の数々が、いまも棘となって瑞穂の心に突き刺さっている。俺の顔を潰す気か。組織に恥をかかせるな。お前だって組織の一員だろう。

それでも首を縦に振らない瑞穂に課長は言った。唾でも吐きかけるように。

だから女は使えねえ。

耳を疑った。心が凍りついた。しっかりした仕事さえしていれば、鑑識に男も女もないと思っていた。そう信じていた。ましてや、似顔絵描きは瑞穂にしかできない仕事だ。それだけに堪えた。女は使えねえ。課長の本音。いや、それは組織の本音に聞こえた。

似顔絵を描き直した。わからない。その時の気持ちがどうしても思い出せない。覚えているのは悲鳴だ。翌朝の新聞を目にしたとき発した自分自身の悲鳴……。

『お手柄婦警　似顔絵で犯人御用』

悔恨と自己嫌悪は凄まじかった。無断欠勤。失踪騒ぎ。そして、半年間の休職——。

内線電話が鳴り、瑞穂は壁に手を伸ばした。

〈七尾です〉

外から電話よ。寮母が告げ、続いて、張りのある女の声が受話器に流れた。

本部警務課の婦警担当係長、七尾友子。似顔絵改ざんの一件のあと、週に一度は電話をくれる。

〈平野さん、もう食事済ませた？〉

「いえ、まだですけど」

〈さっさと済ませて出てこない？　すっごく雰囲気のいい紅茶の店見つけたんだ〉

「そうですか……」

〈ん？　気乗りしない？〉

「いえ、そうじゃないんですけど……。ちょっとこれから用事があって」

J新聞の浅川久美子に会いに行く。そう決めていた。いや、正直まだ迷っていたが、ここで七尾の気遣いに甘えるわけにはいかないと思った。

〈そ。じゃあしょうがないね〉

「すみません」

〈やだ、なんで謝るのよ。で、どう？　最近は？〉

心のリハビリは進んでる？　七尾はそう聞いている。船木広報官の顔が脳裏をかすめ、瑞穂は答えに詰まった。

〈ん？　元気でやってるよね？〉

「はい、元気です」

〈そ。頑張ってね。じゃあ、また電話する。次はお茶行こうね〉

涙が出そうになった。復職。リハビリ異動。七尾の助言があってこその特別な計らいだった。広報室。確かに体は楽だ。所属は本部の秘書課だから羨む婦警だっている。他の部署に移りたい。言えない。口が裂けても。ここで頑張るしかない。だが、いったい何をどう頑張ればいいのか。

船木は瑞穂を無視する。時にはリハビリ異動を逆手にとってお客様扱いする。そうされることが、自尊心を取り戻そうともがいている一人の婦警をどれほど苦しませるか、あの男は一度でも考えたことがあるだろうか。

外に出たい。もう一度、鑑識課に戻りたい。だが、描けるだろうか、似顔絵を。この穢れた手で描いていいのだろうか。

瑞穂は熱いシャワーを浴びた。

船木の台詞が耳にこびりついている。

女性記者と飲めと言った。情報を取ってこいと一度は命令したのだ。そう命じておきながら、次の瞬間、お前には何も期待していないとそっぽを向く。さらには猫撫で声で、遙か彼方に瑞穂を遠ざける。

悔しい。悔しくてならない。

記者と酒を飲むことが、そこで幾ばくかの情報を得ることが、たとえ、後ろ暗さの伴う汚れ仕事なのだとしても、瑞穂を部下の一人と認めるならば、「これは広報公聴係の職務だ」とはっきり命じるべきではないのか。

そう、少なくとも、鑑識課長の森島は瑞穂を「身内」と思っていた。だからこそ、似顔絵改ざんなどという犯罪的な行為を無理強いできたのだ。船木は違う。根っこから婦警を見くだしている。

ふけいさんになりたい。

遠い記憶が蘇る。山の分校に出張してきた『交通安全教室』の一行。制服姿の婦警を目にした時の驚き。幼い胸に芽生えた憧れ。長い年月温め続けた決意。その婦警の制服を初めて身につけた時の喜び……。そんな瑞穂が持つ、たった一つの物語に、船木は疑いを抱かせる。

瑞穂は一番派手に見えるワンピースに袖を通した。浅川久美子と並んで歩いても、見劣りしないように。

〈元気でやってるよね?〉

微かな痛みが胸を走った。

――違う。汚れ仕事なんかじゃない。

れっきとした職務だ。瑞穂も鑑識にいたからわかる。重要な捜査情報がマスコミに筒抜けになってしまっては、捜査そのものが立ち行かなくなることだってあるのだ。理屈を自分に言い聞かせて、瑞穂は女子寮を出た。言うことをきかない半分の感情が、振りだす足を鈍らせた。

## 3

今日の今日でワインというわけにもいかない。

瑞穂はJ新聞の支局に近い喫茶店に腰を落ちつけ電話を入れた。デスクらしき乱暴な声に呼ばれて、浅川久美子がせわしく電話口にでた。

〈平野さん？　なんか急な発表とか？〉

「あ、違うんです。ちょっと、個人的な相談に乗ってもらいたくて……」

〈相談？〉

訝しげな反応が返り、瑞穂は早口になった。

「私、香水を買おうと思うんですけど、どれにしたらいいか迷っちゃって。それで、ほら、浅川さんなら詳しいと思って」

そんな口実しか浮かばなかった。香水に興味はない。以前、若い記者にシャネルを無理やりプレゼントされたことがあったが、一度もつけずに引き出しの奥で眠っている。

　久美子は、だったら任せてとばかり話に乗ってきた。居場所を知らせると、すぐに行くと言い、だが、ゆうに一時間は待たせて店に現れた。

「ごめんごめん、例の事件でバタバタしてるから」

　さり気なく忙しさを自慢すると、久美子はエルメスのバッグの中から香水のカタログを取り出し、そうしながら好奇に染まった瞳を瑞穂に向けた。

「彼氏でもできた？」

「あっ、いえ……」

　理由は考えていなかった。

「お見合いとか？」

「いえ、そんなんじゃなくて……」

　瑞穂のはっきりしない態度は、久美子を喜ばせた。

「いい。聞かない聞かない──それで、と」

　カタログをぺらぺら捲る。

「そうねえ、平野さんのイメージって、やっぱシプレ系かな。それも、フルーティー。

ゲランのミツコなんかどう？　ディオールのディオレラなら広報室でもつけられるけど、でも、違うんでしょ？　ねえ、デートなら、思い切ってグッチのエンヴィとかにしたら。藤原紀香や知念里奈も使ってるのよ」

何も頭に入ってこなかった。どうすれば目的の話に誘い込むことができるのだろう。瑞穂はそればかりを考えていた。

と、ひとしきり香水の知識を披瀝した久美子が、声を落とした。

「ところでさ、平野さん、そっちも騒ぎになってる？」

「えっ……？」

目の前の大きな瞳が、じっと瑞穂の反応を窺っていた。

久美子の方にもここに来た目的があったのだ。連日特ダネを飛ばしているJ新聞に対する警察の反応。それを知りたがっている。

渡りに船――。

「騒ぎになってるんじゃないですか。あんなに特ダネ抜いたら、浅川さん、捜査の人に敬遠されちゃうでしょう」

「そんなあ！　あたしじゃないもん、抜いてるの」

久美子は声を上げた。他社の前では自分が書いたように見栄を張り、しかしその一方で、警察サイドに疎んじられるのをひどく恐れている。

「ねっ、平野さん、教えて。ホントにそうなの？　噂になってるの、あたし」

「そんなことはないと思いますけど、でも、浅川さん、やってるんでしょ、この事件？」

「そりゃあやってるけど、あたし、正直言ってよくわからないんだ、選挙違反って。なんか複雑で」

チャンスだ。そう思って切り込んだ。

「やっぱり、風間さんが？」

捜査二課の事件はサブキャップの大島が強い。噂はそうだが、勘のようなものが働いて風間の名をぶつけた。

「そ、ぜんぶ風間さん」

もう自分のことしか頭になかったのだろう、久美子はあっさり認めた。あまりに呆気なくて、瑞穂は情報を引き出した実感が湧かなかった。

だが、そう、今ならもっと聞ける。

「風間さん、キャップだから、偉い人のところ回るんでしょ？　部長とか課長とか」

「あ、ううん。違うみたいよ。風間さんのポリシーは現場だから」

現場。だとすれば、風間のネタ元は捜査二課に所属する知能犯捜査係の誰かだ。

情報を掴んだ。今度は確かな実感があった。そう思ったら急に怖くなった。好きではない相手であっても、騙したとなると背徳の毒が体中に回った。

一方の久美子はと言えば、自分は「無実」だと伝えてホッとしたのか、もともと希薄だった瑞穂への警戒心がすっかり消えていた。

「風間さん、すごく張り切ってるんだ。沖縄からここの支局に来て、もう五年でしょ。帰りたいのよ、東京に。お母さんが独りでいるんだって。ウチの社の人事は来月だし、だから、この事件に賭けてるんだと思うな」

瑞穂は頷いた。

音部主任から聞いたことがある。風間はかつて沖縄支局にいた。J新聞は徹底した米軍基地返還派だ。風間は政府と米軍に対する批判記事を書き続けた。綿密な長期取材に裏打ちされたその一連の記事は、社内外から高い評価を得たというが、しかし、そんな最中、風間は躓いた。頼み込まれて行った高校の講演で、興奮のあまり米兵相手のバーを「寄生虫」と口走ったのだ。生徒の中にバー経営者の子弟がいた。風間はすぐに謝罪したが遅かった。騒ぎを聞きつけた保守系代議士がJ新聞に詰め寄った。裏取引があったのだろう、事は表沙汰にはならず、そして、風間には一月もしないうちに季節外れの異動辞令が下った。

「で、香水はどうするの？　決めた？」

久美子の声で我に返った。瑞穂は慌ててカタログに手を伸ばし、が、ハッとして顔を上げた。店の入口。風間と大島が連れ立って入ってくるところだった。しまった、と思った。この店はきっと、J新聞の記者たちの溜まり場なのだ。

風間と目が合った。瑞穂は狼狽した。後ろめたさ。それを上回る胸の高鳴り。

瑞穂は立ち上がって頭を下げた。振り向いた久美子は、バレちゃったとばかり二人に舌を出す。

「へえ。てっきりサボッてるのかと思ったら、平野さんに夜回りかけてたってわけか」

大島が茶化す。

「今日はよく会うね」

風間は瑞穂に微笑み、窓際のテーブルに足を向けた。カウンターに首を伸ばして、カレーとコーヒーを注文した。背が高く、モデルのように細い。切れ長の澄んだ瞳。意志の強そうな口元。東京生まれ。三十三歳。独身――。

別世界の人。そう思う。

瑞穂は財布を手に腰を上げた。

「それじゃ、私、そろそろ」

「そう?　だったらカタログ貸してあげる。ゆっくり選んで」

「すみません。お借りします」

言いながら、瑞穂はテーブルを見回した。レシートがない。

「ああ、キャップがさらっていったわよ」

「えっ、困る」

たとえコーヒー一杯でも、記者に奢ってもらうわけにはいかない。

瑞穂は窓際のテーブルに歩み寄った。

「あの……払います。幾らでしょうか」

「ああ、いいよ、これぐらい」

風間が笑いながら顔の前で手を振った。

「でも、そういうわけにはいきませんので……」

「贈収賄事件になっちゃうかな？」

今度は大島が笑った。

「困るんです、本当に」

真顔で言うと、風間は、わかったわかったとレシートに目を落とした。

「えーと、四百円かな」

慌(あわ)てて財布から出そうとして、瑞穂は小銭を床にぶちまけた。

「す、すみません」

テーブルの下、小銭を拾う風間の顔が近かった。いい香りがした。オーデコロン？

いや、香水のような気がする。ひょっとして移り香……？

逃げるように店を出て、だが、どうにも気になって、別れ際に久美子に聞いた。

「風間さん、付き合ってる人いるんですね」

「えっ……？」

「だって、香水の匂いがしたもの」

「香水？　ああ、あれね」

久美子は笑い出した。

「アラン・ドロンのサムライ。男性用の香水なの。あたしがあげたんだ。なんか風間さん、ちょっとオジサン臭するから」

近くなったと感じていた久美子が、すっと遠ざかった。

ひとり女子寮への道を歩く瑞穂は、自分の気持ちがわからなかった。

収穫はあった。特ダネを書いているのは風間であり、その風間は知能犯係の捜査員から情報を得ている。

アラン・ドロンのサムライ。

それは情報じゃない。瑞穂は口の中で言った。

4

翌朝。瑞穂はいつもより一時間早く女子寮を出て、六時半には県警本部の玄関をくぐった。着替えも後回しにして記者室を覗く。しんと静まり返っていた。仮眠用の二段ベッドのカーテンをそっと開く。蛻の殻。

――まだか……。

R新聞の大城冬美をつかまえるつもりだった。彼女は誰よりも朝が早い。記者室に泊まり込むこともしばしばだ。

少なからず落胆し、瑞穂は広報室に入った。

各社の新聞をざっと見る。あっ、と思わず声が出た。J新聞が今朝もやっていた。

『市議会議長を逮捕へ』

こうだ。捜査二課の調べで、代議士の地盤の市議会議長が現金買収の指揮を執っていたことが判明。容疑が固まり次第、逮捕に踏み切る――。

喫茶店での光景が思い返される。風間のクールで穏やかな表情。だが、そうではない熱い内面を抱え、あの後、風間は捜査員の官舎を夜回りして歩き、特ダネをものにしたということだ。

すごい。瑞穂は素直に思った。一つの社の独走がまずいことはわかっている。だが心のどこかにある、風間を応援したい気持ちを否定できない。いるのだ。地方都市の記者室に塩漬けにされ、古池の主のようになっていく記者が。風間にはそうなってほしくない。この事件に勝てば東京に戻れる。久美子はそう言った。ならば勝ってほしい。胸を張って東京に凱旋(がいせん)してほしい。心の奥に繋(つな)ぎ留めてある仄(ほの)かな想いが、これ以上膨らんでしまわないうちに。

昂(たかぶ)った感情が折られた。デスクで電話が鳴っている。

「はい。広報室です」

〈南は？〉

船木広報官だった。怒りを押し殺した声。おそらく、自宅でJ新聞を見た。

「まだ、みえてません」

〈音部は？〉

「主任もまだです」

途端に電話が切れた。

瑞穂はしばらく呆然(ぼうぜん)として、受話器を置くのも忘れていた。心の深いところから、怒りがこみ上げてくる。自分はこの広報室に存在していないのだ。唇が震えた。その唇を噛(か)みしめた。

――馬鹿。

見返してやりたい。この日常を壊してしまいたい。優しい気持ちは霧散していた。船木に対する黒々とした感情だけが、引き算された答えのように胸にあった。

尖(とが)った目で時計を見る。七時を回った。

瑞穂は足早に広報室を出て、記者室のドアを押し開いた。

いた。電話をしている。

「いつもお世話になっております。R新聞の大城です。どうでしょう昨夜は？　何か事件事故はありましたか――火事ですか。ボヤ？　放火の疑いとかは？　ない。天ぷら鍋(なべ)？　ああ、そうですか。わかりました。またよろしくお願いいたします」

大城冬美は「警戒電話」の真っ最中だった。朝一番に県下十九署の当直に電話を入れ、夕刊用のネタを拾う。新米記者の仕事だが、R新聞は経営が思わしくないとかで、ここ数年、警察担当に新人の補充がない。そんなわけだから、サブキャップである二十七歳の五年生記者が、毎朝忙しくプッシュボタンを叩(たた)く。

「昨夜はどうでした？　何か事件事故は――」

気配を感じたのだろう、冬美は決まり文句を受話器に吹き込みながら振り向き、瑞穂にウインクしてみせた。

おかしいでしょ？　沖縄生まれなのに、冬美だなんて――。

初めて口をきいた時、冬美はそう言って笑った。小麦色の肌。髪は、ショートカットの瑞穂よりまだ短い。化粧っけもなく、だが彫りの深いその顔だちは、女の目から見てもセクシーで美しいと思う。それでいて、気取ったところも偉ぶったところもない。今はどこの社も警察担当に女性記者を置いているが、一番神経を使わずに付き合えるのが、この冬美だ。

各社のごみ箱を集めて歩きながら、電話が終わるのを待った。冬美ならきっと風間のネタ元を知っている。瑞穂はそう睨（にら）んでいた。

沖縄。二人には共通の話題がある。そのせいか、他社とはあまり口をきかない風間が、冬美にはどこかガードが甘いように感じる。それに、今回は風間にやられっぱなしだが、もともと冬美は捜査二課に強い。去年の汚職事件では、いいネタを三つも四つも抜いて他社を沈黙させたという話だ。その冬美なら、風間のネタ元の見当ぐらいはつくのではないか。

「今朝は早いのね」

警戒電話を終えると、冬美はソファに瑞穂を誘った。

「何か事件ありました？」

座りながら瑞穂が言うと、広報が記者に聞くこと？　と冬美は笑った。

瑞穂は顔だけ笑った。

「あの……大変でしょう？　選挙違反」

冬美の笑みが引いた。

「そうね。J新聞が飛ばしてるから。毎日、デスクに怒られっぱなし。今朝もやられちゃったのよ」

「風間さんらしいですね、書いてるの」

「そうなの？」

逆に聞かれて、瑞穂は言葉に詰まった。

「なんか、そうらしいですよ」

「ふーん、サブの大島さんかと思ってた」

期待外れだった。いや、だからといって、冬美が風間のネタ元に心当たりがないかどうかはわからない。

「あの、夜回りで他社の人と出くわしちゃうこととかあるんですか」

「あるある。そんなのしょっちゅう」

「風間さんとも？」

冬美が首を傾げた。勘づかれた。瑞穂は慌てて話の方向をずらした。

「大城さん、風間さんと仲いいですよね」

「んー、そうでもないけど、あの人、沖縄を愛しちゃってるからね」

「ホントは大城さんのこと愛しちゃってるんじゃないですか」

自分で言ったのに、微かな嫉妬が頭を擡げる。

「ハハッ、だったら嬉しいけど」

「大城さんもJ新聞に入ればよかったのに」

「え？」

「だって……」

記者たちの雑談を耳にした。冬美のR新聞は沖縄の基地問題にひどく冷淡だと。

冬美の表情が翳った。

「J新聞はちょっと過激かな。あたしの家は普天間でね、父が基地で働いてるし」

「えっ？」

「それに、米軍に土地貸してお金貰ってるしね。お墓だって基地の中にあるのよ」

なんと返したらよいかわからず、瑞穂は縮こまった。

「やだ。そんな顔しないでよ。それより、平野さん——」

冬美が言いかけた時、ドアが乱暴に開かれて、F日報の脇坂が部屋に入ってきた。憮然とした顔。今朝も抜かれたからだ。

瑞穂は腰を上げた。足音がついてきた、廊下まで。

「平野さん」

冬美は真顔だった。その顔がスッと近づき耳打ちされた。

「さっきみたいの似合わないよ」

見透かされていた。

冬美の背中が記者室に消えた。膝が震えた。瑞穂は、大切なものをまた一つ失った気がして恐ろしくなった。

## 5

午後になって、J新聞の特ダネ記事をなぞるように、市議会議長が逮捕された。記者会見は午後六時にセッティングされた。会見場所は県警本部の記者室と決まっているが、これとは別に、捜査員が現地入りしているK署でも、署長による「雑談会」がセットされた。地元をないがしろにするな。K署を担当する通信部の記者たちの苦情に応(こた)えたものだ。同じ新聞社の社員だからといって、支局と通信部の記者同士が仲がいいとは限らない。

午後五時、瑞穂は公用車のハンドルを握ってK署に向かった。助手席の南係長とともに雑談会に立ち会う。K署の署長は警備部出身で捜査には疎(うと)いのだが、記者に対してはいい顔をしたがり、リップサービスが過ぎると本部から睨まれている男だ。南と瑞穂は、だから、署長の監視役として派遣されたといっていい。

「ま、広報官のお守(も)りよりはマシか」

「ええ……」

「雑談会の方も心配ないだろう。記者にサービスしようにもネタがない。署長にはほとんど情報を上げてないらしいからな」

南の話に調子を合わせるが、瑞穂は気鬱(きうつ)だった。似合わないよ。大城冬美のひと言が胸にある。

「大熊班長を疑ってるみたいだな、上は」

「何がです？」

「風間にネタ流してる犯人だよ」

瑞穂はびくっとした。

風間が特ダネを書いているのだと決めつけている。二課は大島が強い。そう瑞穂に話したのは南ではなかったか。

いや、船木にどやされて南も調べたのだ。そういえば朝は顔が浮腫(むく)んでいた。ゆうべ誰かと飲んだ。特ダネを書いているのは風間だと知り、そして、ネタ元も探った。

大熊班長……。捜査二課の知能犯捜査第一係長だ。今回の事件で現地入りしている捜査班の指揮を執っている。

「班長と風間さん、仲がいいんですか」

瑞穂がルームミラーで目を合わせると、眠たげな顔が頷いた。

「ああ、二人がいいのは確かだ。ゴルフなんかも一緒に行ってる。けど、班長の口の堅いのは有名だからなあ」

信号待ちから出遅れ、と、後ろからきた車に追い越された。赤いシビック。見覚えのあるナンバー。冬美だ。本部の会見はキャップに任せ、K署へ向かうのだろう。相当飛ばしている。

南も気づいたらしかった。

「ずいぶんと荒っぽいな。ま、大城嬢も今回は散々だからな」

「ええ」

「もう抜けないよ、あの娘は。使い切っちまったからな」

質問を誘うような口ぶりだ。

「どういう意味です?」

「大熊班長のすぐ下に、影山って奴がいるだろ?」

「いえ、知りません」

「いるんだ。その影山が大城嬢のネタ元でな、彼女が一人勝ちした去年の汚職は全部、奴から抜いたんだ」

　初耳だった。

「それがバレそうになって、影山は彼女にネタを流さなくなった。今度やったら、即左遷だからな」

「それって確かなんですか」

「確かだ。俺が調べたんだから」

　ようやく話が読めた。俺だってちゃんと仕事をしてる――。

「けど、影山の野郎、またいつかネタを流すんじゃないかなあ。なにしろ、大城嬢にぞっこんだからな。女房持ちのくせによ」

　嫌な話だと思った。冬美が「女」を利用しているなんて考えたくない。

　K署が見えた。県警本部の本庁舎に負けず劣らず、造りが古い。庁舎裏の駐車場に車を入れた。報道関係者専用の場所に赤いシビックがあった。

　南はシートベルトを外し、窮屈そうに伸びをした。

「さてと、行くか。ま、いずれにしてもJ新聞の独走もここまでだしな。明日からはどこも抜けなくなる」

どこも……？

「どういうことです？」

「今日の議長逮捕の抜きで、刑事部長が本気で怒っちまったんだ。で、今夜から捜査員をカンヅメにするらしい」

「カンヅメ？」

「新聞の締切時間まで捜査員を署から帰さないんだよ。記者がいくら官舎を回っても、ネタを聞き出す相手がいないって寸法さ」

車を降りた南は、今度は思う存分伸びをした。少し遅れて、瑞穂は南の背を追った。

脱力感……。いや、無力感か。

瑞穂の拙い調査など、何の役にも立たないのだと知らされた。確かにそうだ。捜査員をカンヅメにしてしまえば、特ダネを書いた書かれたの騒ぎなど消えてなくなる。朝になってカンヅメが解かれれば、また情報が漏れるのかもしれないが、少なくとも、今日行った捜査の内容をすぐさま明日の朝刊で書かれるようなことはなくなる。

重しが取れ、心がふっと軽くなった気がした。

似合わないよ――。

自分でもわかっていた。船木への怒りで闇雲に走り出してはみたが、その船木の鼻を明かしたところで、なにがしかの自信や誇りが取り戻せるはずもなかった。

久美子を騙した。冬美との関係にもひびが入ってしまった。魔女狩り。改めて恐ろしい行為だと思い知る。

ただ……。

ネタ元を遮断された風間はどうなるだろう。この事件ではもう十分勝っている。いや、もっと勝たねば東京へは戻れないのだろうか。

無人の官舎。そのドアを叩いて回る風間の姿を頭に思い描きながら、瑞穂は小走りで署の玄関をくぐった。

## 6

杞憂だった。翌朝のJ新聞に、またしても特ダネが載った。カンヅメ作戦をものともせず、風間は勝ち数を伸ばしたのである。

『買収金総額　千二百万円と判明』

広報室は早朝からごった返した。これじゃ癒着じゃねえか。F日報の脇坂は本性を丸出しにして怒鳴り散らした。テレビや通信社の記者もエキサイトした。D県警の広報は無能だ。刑事部からちゃんと情報を取れる人間を広報官に据えろ。船木はぐうの音も出ず、罵詈雑言の嵐が通り過ぎると、溜まりに溜まったマグマを南係長と音部主任に爆発させた。

他の新聞各社も無言の抗議に出た。広報室が再三取材を依頼していた交通安全運動初日のパレードを無視した。ちゃんと記者に連絡してあったのか。交通部長から直接広報室に電話が入った。慌てた船木は、音部が広報紙用に撮影したパレード写真を焼き増しして各社に配ったが、それでも記事を書こうとする記者はいなかった。いや、浅川久美子が、パレードの参加人数を聞きにきたのだが、船木はよほど腹に据えかねていたのだろう、J新聞には今後一切協力しないと脅しめいた台詞を投げつけ、久美子が泣きだす一幕もあった。

喧騒の中、しかし、謎が解かれることはなかった。

買収金額の総額が判明したのは、ゆうべ八時を回っていたという。その情報を握る捜査班の面々は、新聞各社の朝刊の締切時間が過ぎる午前一時まで、K署二階の刑事課にカンヅメにされていた。ならば、J新聞は、いや、風間はいつどこで買収金額の情報を知り得たのか。

瑞穂は考えていた。朝からずっと。

調査の真似事をする気はもうなかった。だが知りたい。風間という男の謎の部分を覗いてみたい。そんな思いは膨らむばかりだった。

船木が刑事部長に呼ばれて席を外すと、南は大きく伸びをした。その南のデスクに、音部が椅子を寄せる。

「係長、どういうことですかね？　電話でネタを流したのかな」

「いや。みんながいるところでそれは無理だろう」

「携帯でこっそりメールとか」

「ん。刑事部はそれを疑ってる。朝から全員の発信記録を調べてるらしい」

「それと、部屋にカンヅメって言ったって、用足しには出るから、記者がトイレに潜んで待ち伏せっていう古典的な手口もありますよね」

「ネタ元じゃない人間が入ってきたらアウトだろう」

「個室に隠れて隙間（すきま）から見てれば」

「抜かりはないよ。個室のドアが閉まってたら必ずノックせよ。班長が全員に命じてたらしい」

「なるほど。だったら、やっぱりメールかな。使い慣れてりゃ、画面見ないでポケットの中で打っちゃう奴もいるらしいし」

「そうなら、今日中にバレるさ」

「けど、発信記録は摑めても、メールの中身までは調べがつかないでしょう?」

「いずれにしても、カンヅメされてる時間帯にメールを発信してりゃあ、そいつが犯人ってことだろ」

「まあ、普通で考えればね」

「それにな、ネタをやるって言ったたって、記者が毎晩足繁く夜回りに来るから情が移って、つい喋(しゃべ)っちまうんだろうが。こっちからわざわざ電話やメールで特ダネを知らせてやるお人好しがどこにいるよ」

「弱みを握られてるとか」

「ゆすられてたってか……。まあ、ありえない話でもないけどな……」

「班の外も考えられますよね。買収金額のことを知ってたのは、カンヅメにされてた連中だけってわけじゃないでしょう?」

「班を除けば、あとは刑事部長と捜査二課長ってことだろ」

「そっから出たのかもしれないじゃないですか。灯台もと暗しで」

「ところが、ゆうべ二人は刑事部長の公舎で囲碁を打ってたんだと」

「えっ?」

「二課長のことを疑ってたんだろうよ、刑事部長は」

「なるほど、そっちもカンヅメか……」

瑞穂はずっと聞き耳を立てていた。

呼吸が乱れている。心臓が早鐘を鳴らしている。二人の話を聞くうち、わかった気がしたのだ。風間のネタ元の正体が。

夕方になって、広報室に新しい情報が入った。カンヅメにされた時間帯、十二人の捜査員は、誰ひとり携帯電話を使用していなかった。通話もメールも。

南と音部は盛んに首を捻(ひね)っていた。船木は目元に濡れタオルをのせ、死んだように椅子の背もたれに体を預けていた。

瑞穂はイラストの仕上げに入っていた。

頭に描いた想像は、ほとんど確信にまで高まっていた。

## 7

その夜――。

県警本部にほど近いアパート。その裏手の駐車場に赤いシビックが戻ってきたのは、午後十一時を回っていた。

エンジンが止まり、ドアが開いた。大城冬美がバッグを手に降りてくる。

瑞穂は背後から歩み寄った。

「こんばんは」

冬美は縮み上がった。目が恐怖に見開いている。

「ひ、平野さん……？　やだもう、驚かさないでよ、心臓が止まるかと思った」

少しおどけてみせながら、しかし、冬美は深夜の広報係員来訪の意味をすぐに悟ったらしかった。

「部屋行く？　それとも乗る？」

「お邪魔します」

瑞穂はシビックの助手席に乗り込んだ。

「少し走ろうか」

「ええ」

冬美は車を道に出した。眠り深い商店街がヘッドライトに浮かび上がる。

「バレちゃったみたいね」

冬美が言った。悪びれてはいない。

「どうしてわかったの？」

「きっと、最初からそうだと疑ってたんだと思います、私……」

「女の勘？」

「ちょっと妬いてたから。風間さんと大城さんのこと」

冬美は仄かな香りを漂わせている。アラン・ドロンのサムライ。移り香だ。男から女への……。

ライバルの二社の記者が恋人同士。そう読めれば、J新聞独走の謎はおのずと氷解する。

冬美が陰の特ダネ記者だった。知能犯係の影山から捜査情報を聞き出し、風間に教えていた。影山も納得ずくだった。昨年の汚職事件で冬美との関係を上から疑われ、その身は左遷の危機にあった。自分とはまったく接点のない風間に特ダネを連発させることで、疑いの目を自分から他へと逸らす効果を狙ったのだ。

ゆうべもそうだった。冬美は「雑談会」を終えると二階に上がり、女子トイレに身を潜めた。K署は県警本部の本庁舎と同時期に建てられた。だから構造は同じだ。トイレの入口は男女一緒。入って手前が男性用。左奥が女性用。知能犯係に婦警はいない。しかも夜だから、K署の女性職員はみな帰宅していて、発見される心配はなかった。冬美は仕切り壁の陰で息を殺していた。何人もの捜査員をやり過ごし、やがて現れた影山をまんまとつかまえたのだ。

動かしがたい男社会。警察はそうだ。だから、南と音部も女子トイレにまでは考えが及ばなかった。入口や内部の通路で男と出くわすのが嫌で、あるいは音を聞かれるのを恐れて、婦警と女子職員の多くがわざわざ北庁舎のトイレまで足を運んでいることを、男たちは知らない。

車は無人の官庁街を走る。

「大城さん、一つ聞いていいですか」

「なあに?」

「こんなことして辛(つら)くないんですか。自分の会社を裏切って、それで、自分のネタを他社の人に……男の人に……」

「……貢ぐ?」

「…………」

車内にエンジン音だけが響く。

「あのね」

冬美が口を開いた。

「風間さんは、こんなところで埋もれてしまう人じゃないの。彼が書いた沖縄の記事、すごかった。あんな深い記事、それまで読んだことなかった。あたし、涙が出た」

思いがけない話だった。冬美の父親は基地で働いている。J新聞の沖縄の記事は過激過ぎる。冬美はそう言っていた。

黙った瑞穂の横顔を冬美がちらりと見た。

「馬鹿ね」

「……えっ?」

「いないのよ。基地があった方がいいなんて、本気で思ってる人が沖縄にいるはずないでしょう」

あっ……。

「そう、ウチの父だって――なぜあたしに冬美なんて名前つけたと思う? 自分は死ぬまでここで基地と生きていくしかない。でも、お前は冬のある平凡な土地で生きていけ。そう言いたかったんだと思うんだ」

「……」

「こんな話わからないよね、本土の人には」

車はアパートに近づいていた。

瑞穂は返す言葉が見つからなかった。頭が混乱している。恋……。沖縄……。冬美と風間の関係に圧倒されていた。だが――。

車を降りた瑞穂は、真っ直ぐ冬美を見つめた。

「やっぱり、大城さんのしていること、おかしいと思います。大城さんに似合いません」

# 8

暗い夜道をトボトボ歩く。少し先に女子寮の灯が見えていた。

失望は大きかった。

風間は冬美から情報を貰っていた。そうまでして特ダネを書き、東京に凱旋し、組織の中を生き抜いてゆこうというのか。

悲しかった。風間の生き方が。風間をそう生きさせようとする冬美の心も。

だが……。

いま自分がもし、冬美の立場だったらどうだろう。

同じことをするかもしれない。ただ焦り、もがき、傷つく毎日……。組織の中で女が生きてゆくことの難しさに堪えかね、目の前の恋に走る。すべてを投げ出す。あるかもしれない。たとえそれが誰からも祝福されない恋であったとしても。今の状況から逃げ出すための手段だとわかっていたとしても。

女子寮の門限はとっくに過ぎていた。瑞穂は足音を殺して階段を上がった。ドアの入口に大きな封書が届いていた。

瑞穂は首を傾げた。心当たりがなかった。

開封すると、ボロボロの原稿用紙と画用紙が出てきた。

あっ、と声が出た。

『わたしのゆめは、ふけいさんに、なることです。小がっこうへ行って、こうつうルールを、おしえます。くるまに、ぶつかって、けがをしたら、たいへんだからです』

画用紙を見る。

笑顔の婦警が敬礼している。

上手な絵だ。そう、幼いころから、絵を描くのが得意だった。

作文の拙(つたな)い字を目で追いながら、部屋に入った。

『それから、わるい人も、いっぱい、つかまえます。まちには、わるい人が、いっぱい、いるそうです』

思わず吹き出した。

ベッドに転がる。声に出して読む。

『ふけいさんは、すごーく、かっこいいです。ぜったい、ぜったい、ふけいさんに、なりたいです』

仲のよかったクラスメートの手紙が添えられていた。

『ミーちゃんが来られなくて残念！　作文と絵同封します。あのころの夢をかなえたの、ミーちゃんだけでしたよ。みんな応援しています。仕事、大変でしょうけど、体に気をつけて頑張って！』

読み返した。三度目にはもう文字が霞んで読めなかった。

灯を消して布団にもぐった。敬礼する婦警の笑顔が瞼にあった。まどろみながら、瑞穂はベッドの下の画材を意識していた。

# 決別の春

## 1

　まもなく四月も終わる。人によっては汗ばむ陽気だ。ご多分に漏れず不況に沈むD市の繁華街。その中にあっても、安さがウリのカラオケボックス『リズム』だけは春を謳歌（おうか）するかのごとく盛況だ。午後十時。定員二十人のパーティールームには、明らかに定員を超える数の女たちが押しかけていて、日頃あまり汗を意識しない平野瑞穂も額や鼻にしきりにハンカチを当てていた。

　いや、陽気や部屋の熱気のせいばかりではなかった。

「秘書課広報公聴係、平野巡査――花、歌いまーす！」

拍手。歓声。「みずほーー!」の掛け声。

アルコールが回って顔も体も熱かった。いつもは一杯飲むのがやっとのメロンサワーを思い切って二度お代わりした。ちょっぴり酔ってみたかったのだ。三月。そして、四月。別れと出会いの季節とはいうけれど、瑞穂にとっては、別れのほうばかりに心奪われた苦い春だった。

思いっきりエコーを利かす。

「泣きな〜さ〜い〜　笑いなさ〜い〜」

J新聞の風間が東京に転勤した。R新聞の大城冬美も大阪に異動になった。「似合わない、っていい言葉よね」。送別会の席で冬美はポツリと言った。風間も冬美も旅人だった。心を通わせる間もなく、瑞穂の前から消え去った。

それはまだしも、同期の田中千恵子が突然辞職したショックは大きかった。以前、瑞穂が似顔絵改ざん問題で休職をしたとき、何度も家に訪ねて来ては、戻っておいでよと励ましてくれた。その千恵子が理由も告げず、瑞穂より先に婦警の制服を脱いでしまったのだ。何を聞いても上(うわ)の空だった。「疲れちゃった……」。千恵子がぽつり漏らしたひと言が今も耳に残っている。

自分自身のことで言えば、異動希望が叶わず落胆した。古巣の鑑識課に戻りたいと上に願い出たが呆気なく蹴られた。別れがたいものとは別れ別れになり、別れてしまいたいものとは決別できずに終わった。いつになく苦い春。しかし、そう、いつまでもへこんでいるわけにはいかない。まもなく五月。初夏――。

「いつの～日か　いつの～日か～　花を咲かそ～よ～」

酔ってる。頭が痺れてる。なんだか視界も怪しくなってきた。でも心地いい。こんな日があったっていい。間奏に入ると、瑞穂は拍手に向かって盛んに投げキスを飛ばした。

部屋の奥まったところ、婦警たちの大姐御とでも言うべき七尾友子が、もう一つの輪の中心で耳目を集めていた。

「要するに、婦人っていう呼び方が古いってことなのよ。だいいち、婦警は独身が多いでしょ。もう全国の警察の半分以上が、婦人警察官から女性警察官に名称を変えたっていうの。遅ればせながらウチでも検討を始めたから、みんなの意見を聞きたいんだ」

その話の輪に、瑞穂がおぼつかない足取りで乱入してきた。マイクを握ったままだ。

「七尾係長——」

「はーい、瑞穂。ご機嫌ね」

「ご機嫌じゃありませんよお。だーれも私の歌、聞いてないじゃないですかあ」

「聞いてた聞いてた。あっ、瑞穂は？　女性警察官っていう呼び名、どう思う？」

瑞穂は背筋を伸ばした。姿勢を正したつもりだが、体がふらふら揺れている。

「そーんなの反対に決まってるじゃないですかあ。私、婦警さんに憧れて婦警になったんです。女性警察官なんて、えーと、女警……ジョケイじゃないですかあ。変ですそんなの。私、嫌です。絶対反対、断固反対、婦警を守るため日夜戦いまーす」

最後は敬礼までしてみせた瑞穂に、みんなは腹を抱えて笑った。

遠くで消防車のサイレンが鳴り響いていたが、無論のこと、防音を施したカラオケボックスの中で気づいた者は誰一人いなかった。

2

D県警本部本庁舎一階、広報室——。

頭が重い。胸がムカムカする。生まれて初めての二日酔い……自己嫌悪……。

午前七時半。瑞穂は県下各署に電話を入れ、当直時間内に起こった事件事故を拾っていた。概要を聞き取り、用紙にまとめ、記者室のホワイトボードに張り出す。ただでさえ大変な朝一番のこの仕事が、今朝は拷問(ごうもん)にすら感じられる。

とりわけ、E署の聞き取りがきつかった。

連続放火事件——。

五つの現場の所番地、発生時間、焼かれた物置やバイクの所有者、それぞれの焼失面積、被害金額……。こめかみがズキズキする。メモを取る手が遅れ、何度もボールペンを投げ出したい衝動に駆られた。

大事件。瑞穂がはっきりそう認識したのは、聞き取ったメモをもとに記者発表文を書き始めてからだった。

昨夜ばかりではないのだ。本部のあるD市のすぐ隣、人口八万人のE市など三市町村を管轄するE署の管内では、二月初めから放火事件が相次いでいる。最初は北部で頻発し、村、町、市と南へ下りてきた。これまでの合計が二十八件。いや、昨夜の五件を足し上げれば三十三件にのぼる。かつて県内でこれほどの数を重ねた連続放火があったろうか。

「おい、まただって？」

出勤してきた南係長が、バッグも置かずに瑞穂のメモを覗き込んだ。

「ええ。プラス五件です」

「人が死んでないからいいようなもんだが、民家も幾つか点けられてるしな、こりゃあそのうち焼き鳥がでるぞ」

焼き鳥イコール焼死体。火災現場では禁句の符丁を口にした南は、遅刻ぎりぎりで部屋に飛び込んできた音部主任に向け、「おい、また赤猫が走ったぜ」と、これまた符丁で吹き込んだ。赤猫。赤犬。赤馬。どれもみな放火を指す。

――同一犯ってこと？

瑞穂は、発表用紙を手に席を立ちながら思った。鑑識の血が騒ぐ、といえばオーバーだが、大いに気になる事件ではある。一人で三十三件。いや、新聞各紙は事件発生のたびに大きく記事にしている。元々の犯人のほかに、模倣犯がいるのかもしれない。

それにしてもなぜ捕まらないのだろう。E署は全署員態勢で深夜の警戒を続けている。機捜隊や警邏隊も重点パトロール地区に指定し、血眼になって犯人を捜していると聞いた。地元の住民だっておちおち眠ってはいられない。町会ごとに自警団が組織され、寝ずの夜回りを続けているというのに。

廊下に出た瑞穂に、部屋の中から声が掛かった。

「すまん。こいつも頼む」

南に手渡されたのは、今日予定している記者会見を記したメモだった。二件。

『午後一時・捜査一課犯罪被害者支援対策室――〈なんでも相談テレホン〉の新設について』

『午後三時・地域課――連休中の各地の人出予想について』

隣の記者室に人影はなかった。なにしろ、三十三件目の放火だ、記者たちはE署からの一報を受け、本社や支局から直接現場へ向かったに違いない。

瑞穂はホワイトボードに会見予定をマジックで書きつけると、その大きなボードの真ん中に連続放火の発表文を張り付けた。手のひらで丁寧に用紙の皺を伸ばし、四隅をマグネットで固定する。

虚しかった。

懸命にメモを取り、大急ぎで発表文を作ったが、誰も読みはしない。事件が大きくなればなるほど、記者たちは自分たちの足を使って記事を書く。広報の発表文を頼るのは、紙面の隅っこに載せる、彼らが「埋め草」と馬鹿にする小さな事件事故だけだ。どこの部署でも精一杯頑張ろう――アルコールの力まで借りて盛り立てた気持ち。だがやはり長続きしない。第一線の現場に出たいと思いが募る。

広報室に戻ると、南と音部はまだ連続放火についてああだこうだと喋っていた。瑞穂は時計を見た。八時二十分。始業時間を過ぎている。

「あの、広報官は……？」

船木の欠勤を期待したが、音部の返事はつまらなかった。

「ああ。たったいま顔出したんだが、警務部長に呼ばれて上がったよ」

瑞穂は小さく息を吐き、自分のデスクについて新聞のスクラップを始めた。

二カ月前、それこそ高いビルから飛び下りる思いで船木に異動希望を伝えた。鑑識課の機動鑑識班に戻してほしい。事件の被害者から話を聞いて犯人の似顔絵を作成する。自分に最も向いているその仕事をまたやりたい――。

船木は額に青筋を立ててまくしたてた。

〈ああ、この部屋には婦警なんぞいらん。こっちだって異動させられるもんなら異動

させたいんだ。だがな、半年も休職した婦警の希望を通したりしてみろ、真面目にやってる他の連中に示しがつかんだろうが〉

そう言われた時の気持ちが、わっと胸に広がった。と、瑞穂を不真面目な婦警だと決めつけた張本人が勢いよくドアを開いて部屋に入ってきた。

反射的に顔を伏せた。その瑞穂の頭の上で弾んだ声がした。

「平野——喜べ。配転だ」

えっ……?

瑞穂は顔を上げた。船木の笑った顔が見下ろしていた。その背後、南と音部が驚いた顔を見合わせている。

時期外れの配置転換。まさか。本当に?

「警務が言いだしたんだ。誰も文句は言えんだろう」

船木の口ぶりは、労せず厄介払いを果たしたといったふうだ。だが、そんなことはどうだっていい。問題は行き先だ。いったいどこへ? ひょっとして鑑識に?

瑞穂は立ち上がった。

「配転先はどこですか」

「今日の会見予定に入ってたろうが」

船木は焦らすように言った。

今日の記者会見……？　すぐに答えが出てこなかった。さっき記者室のホワイトボードに書きつけた。ほとんど無意識に……。

瑞穂は、あっ、と小さく叫んだ。

捜査一課犯罪被害者支援対策室『なんでも相談テレホン』の新設——。

「その電話相談員だ。明日から行け。場所は捜査一課の別室だ」

半ば呆然としつつ、瑞穂は、こくりと頷いた。喜んでいいのか、そうでないのか、判断がつかなかった。

犯罪被害者からの電話を受ける相談員。希望した外の仕事ではない。だが、そう、「似顔絵婦警」をしていた頃の瑞穂は、常に犯罪被害者の傍らにいた。

## 3

翌朝、瑞穂は広報室に寄らず、直接五階に上がった。廊下の突き当たりが捜査一課。

別室はその手前の右手だ。ドアに『犯罪被害者支援対策室』のプレートが掛かっている。中に入るのは初めてだった。

「失礼します」

ドアを開いた瞬間、目を疑った。狭苦しい広報室よりまだ狭い。デスクとロッカーが四つずつ。電話が二台。それだけだ。ソファもテレビもファックスもない。

「驚いたろう？　なんせ、一課の物入れを改造した部屋だから」

室長代理、田丸三郎。室長は捜査一課長が兼務しているが、それは外向けのポーズで、この四十五歳の朴訥(ぼくとつ)とした警部が実質的な部屋の責任者だ。盗犯係の刑事が長かった男だと南から聞いた。今は姿が見えないが、室員は田丸の下に二人。うち一人は瑞穂の同期、香山なつき――。

「平野です。よろしくお願いいたします」

瑞穂はきちんと敬礼したが、着任の意気込みも気負いも希薄だった。犯罪被害に関わるあらゆる相談を電話で受け付け、適切なアドバイスを行う。昨日の記者会見で捜査一課長は熱っぽく語っていた。趣旨は理解したつもりだが、しかし、実感が湧(わ)かない。

瑞穂の身分は秘書課員のままだった。電話相談を立ち上げるための応援、あるいは出向ともとれる曖昧な配転だ。忙しい時は広報のほうも手伝わせる。船木はそんな都合のいい解釈を南と音部に伝えたという。

瑞穂は改めて部屋の中を見回した。いずれにしても、広報室からは出られた。今日からここが仕事場だ。瑞穂に続いて、以前、『若者相談ダイヤル』の相談員をしていた上席補導員の井田カヨ子が、少年課の仕事が片付き次第、スタッフに加わるという話だった。

少し迷ったが、瑞穂は「代理」を省いて呼ぶことにした。

「室長――当面、私は何をすればいいんでしょう？」

田丸のデスクの上に朝刊が開かれている。『対策室にテレホン相談新設』『連休明けから受付開始』。ゴールデンウィークを挟み、相談事業スタートまでに十日ほどの準備期間がある。

「そうだな。取りあえず、支援対策の概要をざっと勉強してもらって」

田丸が棚のファイルを摑みだした時、ドアが開く音がした。来た。香山なつきだ。

「わあ、嬉しい！　瑞穂、待ってたのよオ」

なつきは黄色い声を上げ、瑞穂に抱きつかんばかりに喜んだ。

「そうか。君らは同期なんだっけな」

「ええ」

二人同時に答えたが、瑞穂の声は消え入るほど小さかった。この部屋でなつきと会うのはわかってはいたし、それなりの覚悟もしてきたが、しかし、実際に顔を合わせてみると、やはり普通の気持ちではいられなかった。

新人と二人だけの気詰まりから解放されてホッとしたのか、田丸の弁舌は一転、朗らかになった。

「そうそう、平野君は酒も歌もやるんだってな。酔っぱらうとすごいらしいじゃないか。さっそく今夜あたり歓迎会といくか」

瑞穂は横目でなつきを見た。ニコニコ笑っている。おとといの飲み会になつきもいた。いや、そもそもなつきの誕生会の名目で七尾係長が電話連絡を回したのだ。七尾はどの婦警にも分け隔てない。その公平さが、時として瑞穂に微かな嫉妬を抱かせる。そして、自分に優しくしてくれることも、親身になって相談に乗ってくれることも、すべては四十七人の婦警を束ねる七尾の人事管理術ではないのかと、つい勘繰ってしまう。そう勘繰ってしまうほどに、仲間内でのなつきの評判は悪い。七尾が電話を回さなかったとしたら、彼女のために集まる婦警など一人としていないのだから。
なつきは「情報」を玩具に遊ぶ。天性ともいえる人懐っこさで相手に接近し、安心させ、油断させ、本音を吐露させる。そうして得た情報を、自分に都合のいいように加工し、効果的な時と人を選んで流すのだ。
瑞穂が一番の犠牲者だったとみんなは言う。そうかもしれない。警察学校時代は同室だったこともあり、すっかり気を許していた。
《瑞穂、今日のマラソンきつそうだったね》
《うん、ちょっとお腹痛かったんだ》
《そうだったんだ。言えばよかったのに》
《仮病だって思われるの嫌だから。あと三カ月で卒業だし、頑張らなくちゃね。でも、マラソンは苦手だなあ。逃げ出したくなっちゃう時あるもん》
それを教官の耳に入れる。「瑞穂のことがちょっと心配なので……」と友人思いの生徒を装い、憧れの教官と二人だけの時間を共有する。瑞穂の『腹痛』は「なんか彼女、隠し事が多くて……」に化け、『仮病と思われたくない』は「どうしても教官には心を開けないらしいんです」と意訳される。『頑張る』はすっぽり抜け落ち、『逃げ出したい』がことさら強調して伝えられる。そして最後に目に涙を溜めてこう言うのだ。「瑞穂はかけがえのない友だちです。私がしっかり支えていきます」。

瑞穂の裡にそうした面がまったくないかと問われれば答えに詰まるが、なつきの裏の顔はやっぱり異常だと思う。一事が万事なのだ。彼女のフィルターを通過した情報は変幻自在に形を変えて放出される。まるっきりの嘘をつくわけではないから、なつきの正体が知れ渡るのに、三年も四年も掛かった。ある婦警に言わせれば、なつきに悪気はない。厳格な教職員の家庭に育ったので嘘がつけず、でも自己愛が人一倍強いから、自分が好む物語をつくるために、自然とあした情報の加工術を身につけた――。

「ねえ瑞穂、配転の感想は？」

瑞穂はハッとして声に顔を向けた。

「あっ、まだ全然わからないから……」

答え方にも気を遣う。答えた自分の台詞を後で点検する習慣まで身につけさせられた。

「何でも聞いてね。ま、私は実働部隊、瑞穂は電話相談だからちょっと違うけど」

「うん……よろしくね」

「室長代理、例の傷害事件の被害者のところへ行ってきます。裁判の手続きを知りたいと言ってますので」

なつきが部屋を出ていくと、田丸の朗らかさは嘘のように消えた。なにやら気落ちしたふうですらある。なつきにとっては朝飯前だ。元盗犯刑事の心を盗んでしまうことぐらい。

——勝手にやってて。

瑞穂は頭を切り換えた。

どこの部署でも精一杯。そう心に念じて大きく息を吸ってみる。

瑞穂は席につき、先ほど田丸から渡されたファイルを開いた。

犯罪被害者支援対策。基本的な考えはこうだ。『捜査に取り組むだけでなく、被害者の身になって被害の回復に努めるのも警察官の重要な責務である』。具体的な施策は多岐に及ぶ。被害者に対する心のケアをはじめ、捜査状況や犯人の処分結果などに関する情報提供、犯罪被害給付制度の説明と助言、犯人からの仕返しを防ぐための安全確保対策などなど……。

他の県警の資料にもざっと目を通してみたが、D県警はこの方面でかなり遅れを取っているようだった。室員の数は少ないし、専任のカウンセラーも置いていない。他の官庁や民間の被害者支援団体などとの連携も未整備だ。読めてきた。『なんでも相談テレホン』の設置はあまりに唐突だった。察するに、警察庁に叱られでもして、金も時間も掛からないこの電話相談事業を急ごしらえした。だが――。

裏の事情はともかく、ないよりはあったほうがいいに決まっている。瑞穂はそう思った。

「室長――」

「なんだい?」

「相談専用の直通電話はいつ引かれるんですか」

「もう手配はしたんだ。明日辺り来ると思うよ」

「相談は匿名でも受け付けるわけですね」

「そう。そこがミソだから。いくらこっちがケアするって呼びかけても、性犯罪の被害者とかはなかなか名乗り出てこないからね」

田丸から思った通りの答えを引き出して、瑞穂は深く頷いた。外の友人と話をしてみればわかる。警察は怖い、敷居が高い、世話になりたくないの三拍子だ。明白な事件でない限り、犯罪被害に苦しんでいても、直接警察に行くとなれば二の足を踏む人が多いのではないだろうか。

でも、そう、匿名の電話なら。

「ただまあ、電話で話すうちに向こうが名前を名乗ったら、こっちに知らせてくれ。必要なら室員が出向いて対処するから」

「わかりました」

答えて、またファイルに目を落とした。

瑞穂のデスクの電話が鳴った。反射的に受話器をとると、外線からです、と交換手が告げた。

「はい、お願いします」

一拍あって、か細い女の声が流れた。

〈あの……なんでも相談テレホンですか〉

「はい？」

一瞬、事態が呑み込めなかった。

〈新聞で見たんですけど……。なんでも相談に乗ってくれるって……〉

危うく声を上げそうになった。

『連休明けから受付開始』を見落として掛けてきたのだ。交換手もうっかりしていて、こちらに電話を回したに違いない。

「相談が入りました」

送話口を押さえて田丸に囁き、瑞穂は受話器を耳に戻した。

心の準備ができていなかった。だが、相談者はたったいま受話器の向こうにいる。

十代後半か、いって二十歳。怯えを含んだ声だった。やってみるしかない――。

瑞穂はごくりと唾を飲み下した。

明るく。そう、明るくだ。

「私、平野といいます――どんな相談でしょうか」

〈あの、私、名前は……〉

「あっ、ぜんぜん構いません。匿名を希望されるならそのままで」

うまく言えた。そう思った瑞穂の耳に低い声が吹き込まれた。

〈怖いんです〉

「えっ……？」

〈きっと私、焼き殺されます……〉

言葉が脳を突き上げた。

焼き殺される……？

尋常ではない。まさか、最初からこんな相談に出くわすなんて。

冷静に。自分に言い聞かせて瑞穂は聞き返した。

「どういうことです？　詳しく話してください」

〈どんどん近づいて来るから……。きっとまた家に火をつけられて……そう思うともう怖くて……〉

放火……？

キーワードを与えられ、瑞穂の頭は一気に回転した。どんどん近づいて来る。E署管内の連続放火事件のことに違いない。北から南へ。ゆうべはついにE市内で五件起きた。

「ひょっとしてあなた、E市にお住まいですか」

〈…………〉

いけない。匿名でいいと言っておきながら、うっかり相手の素性を詮索(せんさく)した。思った時は遅かった。

電話が切れた。

「もしもし——もしもし!」

瑞穂は呼び続けた。彼女が口にした言葉が頭を駆け回っていた。

また、家に火をつけられる——。

日頃あまり意識しない汗を、瑞穂はいま、受話器を握りしめた手に感じていた。

## 4

それきり彼女から電話はなかった。

瑞穂は初日から残業し、夜遅くまで待ったが、とうとう彼女の声を聞くことはできなかった。六時過ぎに、もう一人の室員である江藤康雄が部屋に戻り、よくあることだ、気にするなと声を掛けてくれたが、瑞穂は帰り支度をする気にはなれなかった。

部屋を出た時は日付が替わっていた。電話交換室の当直員に事情を話し、それらしい若い女から電話があったら、女子寮の番号を教えるよう頼んで本部を後にした。

寮に帰っても眠れなかった。

悔やまれてならない。なぜ詮索めいたことを口にしてしまったのだろう。彼女の声は怯えていた。おそらく周囲に誰も相談できる相手がいないのだ。だから、新聞記事を目にして、縋る思いで電話を掛けてきた。そうに違いないのに。

現実的な危機を孕んだ電話でもあった。

また、家に火をつけられる——。

以前にも放火されたことがあるということだ。そして、またそうされるかもしれないと怖じている。ことによると、彼女は犯人を知っているのかもしれない。それは、E署管内の連続放火と関わりがあるのだろうか。

翌日も、その次の日も彼女からの電話はなかった。

大型連休がスタートした。瑞穂は連日、対策室に出勤した。彼女の声を聞くまで休みは取らない。そう決めていた。食事は昼も夜も部屋でとり、トイレで席を立つ時は廊下を往復走った。

連休三日目だった。瑞穂の神経もそろそろ悲鳴を上げ始めたその日の夕方、交換手が外線を回してきた。

来た！

瑞穂の胸は高鳴った。その胸の中には、彼女のために考えた溢(あふ)れるほどの言葉が詰まっている。

まずは、そう、はっきりとこう言う。

「はい。なんでも相談テレホンです」

彼女のために、正規の開設より三日早く相談事業を開始した。

〈あっ……〉

驚いたような声。前回と同じ声だと気づいて。

「待って。切らないで」

〈…………〉

「ずっと待っていたの、あなたからの電話。だから切らないで。お願い」

〈…………〉

「私ではだめ？　前に変なこと言っちゃったから？　もう何も聞かない。あなたの話だけ聞く。だから──」

〈違います……〉

「えっ？」

〈驚いたんです。連休中だから誰もいないだろうと思って掛けたのに……。平野さん、でたから〉

胸が熱くなった。彼女は瑞穂の名前を覚えていてくれた。

「言ったでしょ。あなたの電話をずっと待ってたの」

〈ありがとうございます……〉

か細い声であることには変わりはないが、それでも前の電話の時に比べれば幾分落ちついているように感じる。

とはいえ、いきなり本題に切り込むのはやはり躊躇われた。

「なんでも相談して。どんなことでも聞くからね。助けが必要なら言って。私、これでも強いのよ。ヤワラちゃんほどじゃないけど、柔道や合気道だってできるんだから」

クスッ、と向こうで笑った気がした。

「あっ、お姉さんぶって喋ってるけど、かまわないよね。私、二十三歳。あっ、いい、そっちは言わなくて」

今度は確かに小さな笑い声がした。

〈私、二十歳ですから、平野さんがお姉さんでいいです〉

二十歳にしては幼い印象だ。いや、怯えている人間というのはそういうものだ。依頼心が強くなっているから、見た目も喋り方もどこか甘えた感じになる。

三十分、一時間と、取り留めのないお喋りをした。瑞穂はカラオケで『花』を歌った話をして聞かせた。婦警だって制服を脱げばただの若い娘。そう伝えたつもりだ。彼女は、私もその歌大好き、と声を弾ませた。

とうとう二時間、瑞穂は放火の件を口にしなかった。身に危険が迫っているのであれば、彼女のほうから切り出すだろうと考えていた。

また、家に火をつけられる——。

無論、頭の隅にずっと引っ掛かってはいる。しかし、それは彼女の妄想かもしれない。以前に一度、家に放火されたことは本当だろう。そして、今回の連続放火の騒ぎで恐ろしい記憶を呼び覚まされた。そうだとするなら、瑞穂のほうから放火の件を持ち出すのは、いたずらに不安を煽ることになりかねない。

〈いいんですか。こんなに喋ってて〉

「いいのよ。私もヒマなの。連休なのに誰も誘ってくれる人いないし」

この日一番の笑い声を響かせた彼女は、ややあって照れ臭そうに言った。

〈平野さん、また電話してもいいですか〉

「もちろん。いつでもＯＫだから。あっ、夜は寮に掛けてね。番号言うよ。何か書くものある？」

そのやりとりを終えると、彼女は少し改まった声をだした。

〈あの、私、しおり、っていいます〉

心がふっと宙に浮いた気がした。

「ありがとう。教えてくれて。ステキな名前ね」

〈こちらこそありがとうございました。なんか、この前は私、気持ちが不安定で……〉

「今は大丈夫？」

〈ええ。でも、たまにとっても怖くなるの。昔、家に放火されて両親が……〉

その瞬間、ゆったりとしていた心が、ギュッと締めつけられた。
放火で両親をなくした……？
幾つもの質問が浮かんだが、瑞穂はすんでのところで呑み込んだ。
しおりは黙りこくっている。
「しおりさん、大丈夫……？」
〈……大丈夫じゃない〉
泣き声になっていた。
〈私、小学校に上がったばっかりの時だったの……。叔父さんが……父と母を……〉
放火殺人――。
〈……誰かに聞いてほしくて……。ごめんなさい……〉
電話が切れた。
瑞穂はしばらくの間、椅子に沈み込んでいた。
――どうしよう……。
電話を待つか。いや、すぐには掛けてこないだろう。だったら。
瑞穂は部屋を出た。階段を一気に一階まで駆け下りた。広報室に入る。ロッカーを開く。昔の新聞記事のスクラップを引っ張りだす。しおりはいま二十歳。事件は小学校一年……六歳の時だ。つまりは十四年前。いや、もっと絞り込める。小学校に上がったばっかりの時。しおりは確かそう言った。四月だ。

あった。社会面のトップ記事だった。

『遺産相続のもつれで放火殺人』『夫婦焼死』『夫の弟を逮捕』『しおりちゃんは無事救出』――。

見出しを見ただけで、瑞穂は胸に痛みを覚えた。真実だった。しおりはたった六歳の時、両親を焼き殺されたのだ。

むごい……。

瑞穂は記事を目で追った。

概要はこうだ。深夜一時ごろ、E市内の会社員、中嶋正一宅の二階から火の手が上がった。懸命の消火活動も虚しく二階部分がすっかり焼け、その焼け跡から、中嶋と妻の須美子の二人の焼死体が見つかった。一階の子供部屋で寝ていた一人娘のしおりは無傷で救出された。

二階に火の気はなく、中嶋は煙草も吸わない。放火の疑いが濃厚だった。消火から一時間後、同じ敷地内のはなれに住む中嶋の弟、健二がE署に任意同行された。両手に火傷を負っていた。兄弟の間には遺産相続をめぐって諍いがあった。追及された健二は犯行を自供した。決定的な目撃証言もあった。夜中に目を覚ましたしおりが、二階に上がっていく健二の姿を見ていた。

瑞穂は、しおりの胸に巣くっている恐れの根源を見た。

しおりの証言も手伝って健二は逮捕された。その報復を恐れているのだ。自分は健二に焼き殺される。しおりは、そう伝えようとしていたのだ。

瑞穂は宙を見つめた。

中嶋健二の処分はどうなったのか。

放火殺人だ。しかも二人殺している。ならば死刑判決が出てもおかしくない。複雑な思いで瑞穂はまたロッカーの中を掻き回した。確かここに入れた。地元のE日報が過去の重大事件の顚末をまとめた小冊子――。

すぐに見つかった。瑞穂は急く指でページを捲った。

これだ。

『E市内の放火殺人事件――一審。無期懲役（求刑死刑）。量刑を不服として検察側が控訴したが棄却。刑確定』
瑞穂は震撼(しんかん)した。
無期懲役だ。事件から十四年……。
中嶋健二は既に仮出獄を果たしている可能性がある。

5

寮に戻ったのは十一時を回っていた。

瑞穂は気が気でなかった。

あの後、室長代理の田丸に電話を入れた。被害者対策の柱の一つに『連絡制度』がある。被害者やその遺族が望んだ場合、重大事件に限り、捜査状況や犯人の起訴不起訴の処分結果を通知するシステムだ。それを一歩進め、報復の危険性が高い今回のケースは、中嶋健二が刑務所を出所したかどうかをしおりに知らせるべきだと上申したのだ。

田丸は、上に話してみると言った。おそらく通ると思うが、受刑者にも人権とプライバシーがある。警察庁と法務省の協議が必要になるだろう、との見解だった。

それでは連休明けになってしまうではないか。瑞穂は食い下がったが、所詮、一介の警部でしかない田丸の手に負える問題ではなかった。

瑞穂はベッドに転がった。

捜査一課長に直談判してみようか。いや、たとえ課長が承諾してくれたとしても、警察庁はともかく、法務省が連休中に動いてくれるとは到底思えない。

――どうしたらいい……？

寝返りをうった。その時、壁の内線電話が鳴った。

〈瑞穂ちゃん、きっと例の娘さんからよ〉

寮母の声は緊迫していた。瑞穂が話しておいたのだ。夜中に緊急の電話が入るかもしれないと。

「もしもし」

受話器に吹き込みながら目覚まし時計を見た。十一時四十五分。

しおりの声よりも先に、けたたましいサイレンの音が耳に響いた。

消防車のサイレン。まさか――。

〈助けて！〉

「どうしたの！」

瑞穂も叫んでいた。

〈怖い……怖い！　ねえ助けて！　火事なの……すぐそばなの！〉

三十四件目の放火がしおりを襲った！

「わかった。すぐ行く。どこに行けばいいか教えて。あなたは安全な場所に逃げるの。いい？」

〈はい……〉

瑞穂は走り書きしたメモを握って寮を飛び出した。E市の北の外れのアパート。しおりが昔住んでいた場所からそう遠くない。

県道を車で飛ばした。途中、消防車に追い抜かれた。D市消防本部からの応援。だとすれば、火災の規模は大きい。

助けて――しおりの叫び声が耳の中で反響していた。

瑞穂は一つ頷いた。アクセルを思いっきり踏み込み、先を走る消防車の後方に食らいついた。車間距離を詰め、消防車とともに赤信号を突っ切る。いい。捕まったって構わない。

普通なら三十分は掛かるところを、その半分の時間でE市に入った。見える。遠くの空が真っ赤だ。

五分後には現場近くに着いた。民家が燃え上がっている。一軒だけではない。黒煙が天を突いている。巨大な炎が上へ横へと波立つように揺れている。赤猫とはよく言った。毛を逆立てて猛(たけ)り狂うその姿を彷彿(ほうふつ)とさせる。道路は野次馬でごったがえしていた。消防車は鈴なりだ。パトカーも次々と到着する。消防と警察の無線が喧嘩(けんか)でもしているかのように交錯する。これではとても近づけない。

瑞穂は車を捨てた。ほとんど怒鳴り声で野次馬にアパートの場所を聞いて回り、だいたいの見当をつけて走り出した。

マラソンは苦手だ。でも頑張って走り込んでおいてよかった。そんなことに頭がいったのは、懸命に走るうち、その道が火災の方向とは少しずれていることに気づいたからだった。

『ハイツまつざか』――。

ひと目で中嶋しおりとわかった。二階の右端の窓。カーテンで体を半分隠すようにして、若い女が憑かれたように火災の方向を見つめていた。ショートカット。丸顔。目が見開いている。

「来たからね！」

ひと声掛けて、瑞穂は階段を駆け上がった。ドアノブに手を掛けると、それが別の力でくるりと回り、パジャマ姿のしおりが現れた。青ざめた顔。しなだれかかるように瑞穂に抱きついてきた。小刻みに震えている。

「もう大丈夫。中に入ろ」

優しく言って、しおりの体を抱きかかえるようにした。パジャマの背中がたくし上がり、素肌に手が触れた。声が出そうになった。触れた部分に瑞々しさはなく、広い範囲で皮膚がつれているのがわかった。十四年前の火傷の痕だろう。瑞穂はそこから手を放さなかった。いたわりながら、ゆっくりと部屋の中へ誘導した。

八畳ほどのワンルーム。二人でベッドに座った。しおりは瑞穂の体にしがみついたままだった。

「ごめんなさい……」

「いいのよ」

「ぜんぶ話します。本当のこと……」

「無理しなくてもいい。当時の新聞読んだの――辛かったね」

しおりは嗚咽を漏らした。

寄り添っていることが大切なのだ。「似顔絵婦警」の頃もそんなことを感じた。何人もの男に乱暴された少女から犯人の特徴を聞き出すよう命じられた。似顔絵を描くのに八時間かけた。鉛筆を動かしていたのは一時間だけだ。あとの七時間はただ少女の肩を抱いていた。

「叔父さんに口止めされたの……」

しおりは瑞穂の胸の中で呟いた。

「口止め……？」

「火事の後……道端で言われたの。胸のとこ摑まれて、すごく恐い顔して、絶対喋るなよ、って……」

そうか。口止めされたのに、しおりは中嶋健二が二階に上がっていったことを警察に話した。だからこれほどまでに怯えているのだ。

「ねえ、平野さん、教えて。叔父さん、もう出てるんでしょ、刑務所……」

瑞穂は答えに窮した。出所していないと言って安心させたいが、かといって、願望を口にしていい場面でもない。

「いま調べてもらってるの。わかったら連絡するからね」

「…………」

「大丈夫。叔父さんの写真焼き増しして署と交番に配っておくから。それに私もついてるし——ね？」

「ええ……」

しおりはようやく落ちつきを取り戻したようだった。

瑞穂は改めて部屋を見渡した。説明なしに服飾関係の仕事だとわかる。テーブルの上に、電子ミシン、裁ち鋏、ピンクッション、メジャー。そして、『スタン』と呼ぶのだったか、人形のはりこの肩口には何色もの布地が掛かり、壁一面にワンピースのデザイン画が貼られて華やかだ。

瑞穂はしおりの横顔を見た。

「ね、聞いていいかな」

「はい……？」

「デザイナーさん？」

しおりは微笑(ほほえ)んだ。

「いつかはなりたいです。いまはパタンナーをやっています。先輩がつくったオリジナルブランドの手伝いとか」

「きっとなれると思うな。デザイン、すごく上手(じょうず)だもん」

その口ぶりでわかったのかもしれない。

「平野さんもデザインとかやるんですか」

「ううん。私は似顔絵。被害者の人に話を聞いてね、犯人の似顔絵を描くの」

言ってみて、刺激が強すぎたかと思ったが、意外なことに、しおりは話に乗ってきた。

「へえ、すごい。見てみたい」

「でも最近、描いてないの。職場が替わったから」

「えー、つまんない」

駄々をこねるように言ってから、しおりはしばらく思案し、瑞穂に真顔を向けた。

「叔父さんの似顔絵、描いてもらえませんか」

「えっ……？」

思いも寄らない申し出だった。

「叔父さんも事件の犯人ですよね」

「でも、写真がちゃんとあるから……」

「お願いします。描いて欲しいんです」

瑞穂は戸惑った。

そんなことをして大丈夫だろうか。似顔絵は瑞穂が描くというよりは、被害者自身が描くといったほうが当たっているのだ。忌まわしい記憶を辿り、憎い犯人の顔を思い出す。そして、その犯人の顔が出来上がっていくさまを目の当たりにしなければならない。絶対に犯人を許せない。そうした固い決意なり復讐の思いなくして、堪えられる作業ではないのだ。

ましてや、事件が事件だ。中嶋健二は両親を焼き殺した男である。いま似顔絵を描くことは、しおりの精神状態を危うくする引き金になりはしまいか。

瑞穂の心の事情もある。

マスコミ受けを狙った『お手柄婦警』をでっち上げるために、似ていなかった似顔絵を描き直した。自分の職務を裏切った負い目で心のバランスを崩し、半年間休職した。以来、一年以上も4Bの鉛筆を握っていない。

「お願いします」

しおりがスケッチブックを差し出した。

瑞穂はハッとした。寮のベッドの下に眠っている自分のスケッチブックと同じメーカーのものだったからだ。

描きたい。

思いが一気に膨らんだ。渡されるまま、4Bの鉛筆を手に取った。ずっと手に馴染んだ。描けそうだ。いや、描いてみたい。

一つの決心をして、瑞穂はしおりを見つめた。

「実はね――」

瑞穂は、似顔絵を改ざんして休職した経緯をしおりに話して聞かせた。守秘義務違反であることはわかっていた。だが、描くからには仕事だ。私的な感情をすべて吐き出し、心を白紙に戻してからスケッチブックに向かうべきだと思った。

しおりは、頷き、考え込み、時に涙ぐんで、瑞穂の話を聞いていた。

「これで私の話はお終(しま)い。あとはしおりさんのほうね。本当に大丈夫？」

「平気です」

「途中で辛くなったら言うのよ。すぐにやめるから。いい？」

「わかりました。なったら言います」

　ひ弱な小動物の印象でしかなかったしおりに、強情というか、芯(しん)の強さというか、ともかく、先ほどまでにはなかった人格の表出を見る思いがした。

瑞穂は大きく息を吸った。それをゆっくりと吐き出す。やってみよう。きっとやれる。そう念じて、改めて鉛筆とスケッチブックを手にした。

「まずは顔の輪郭ね」

「丸いんです。まん丸じゃないけど、かなりそれに近いぐらい」

　しおりの言うまま鉛筆を動かした。描く喜び。微塵(みじん)もなかった。そのことが瑞穂を安心させた。職務なのだ。はっきりとそう自覚できた。

「眉(まゆ)は？」—

　予断もなかった。新聞に載った中嶋健二の顔写真を広報室で見たはずが、見事に頭から消え失せていた。瑞穂はしおりの説明に没頭していた。鉛筆の芯が描き出していく一本一本の線にすべての神経を集中していた。

時間を忘れた。

音も消えた。

瑞穂はそっと鉛筆を置いた。

一枚の似顔絵が完成していた。目元の涼しい穏やかな顔だった。

「そっくりです。本当に……」

しおりは神妙な顔で言った。

とてもではないが、二人の人間を焼き殺した凶悪犯人には見えなかった。本当に似ているのだろうか。疲労感にどっぷり浸かりながら、瑞穂は微かな疑念を感じていた。

## 6

警察庁や法務省にあたるまでもなく、中嶋健二の「その後」は、あっさり知れた。

次の日の午後、瑞穂は、県警のＯＢである石川満男の自宅を訪問していた。中嶋の事件を調べた当時の捜査責任者がわかったと、室長代理の田丸が電話をくれたのだ。

「中嶋健二は死んだよ」

開口一番、石川は言った。

東北の刑務所に服役して間もなく、監房で首吊り自殺をしたとのことだった。遺書は残さなかったという。

その事実は瑞穂を驚愕（きょうがく）させたが、しかし、同時に安堵（あんど）の思いが胸をかすめもした。伝え方に気を遣わねばなるまいが、しおりがその事実を知れば、心にどんよりと立ち込めている不安の黒雲を追い払うことができるだろうと思った。

「あの、石川さん」

瑞穂は気になっていたことをぶつけてみた。

「犯行手口は放火……しかも二人殺しています。なのになぜ中嶋健二は死刑にならなかったんですか」

「情状面がかなりあったんだ」

石川は記憶を辿（たど）る口ぶりになった。

「そう、殺された兄貴のほうがひどいやつだった。借金の返済に困ってると嘘を言って、遺産の取り分を健二に放棄させたんだ。実際には、その金で外車を買い、ギャンブル三昧(ざんまい)していやがった。健二が文句を言えば殴る蹴るの乱暴だ。まあ、判事も死刑は出しづらかったろうよ」

瑞穂は小さく頷いた。頭にはゆうべ描いた似顔絵があった。穏やかな顔。日頃の健二はそうだったのかもしれない。

「ですが……無期懲役で済んだのに、なぜ自殺してしまったんでしょう?」

「そいつはわからん。ただ……」

石川は遠い目をして続けた。

「裁判が終わったずっと後になって聞こえてきたんだが、中嶋健二は、兄貴の女房とデキてたらしい」

「えっ……?」

「兄貴夫婦が結婚する前からの付き合いだったという話だ」

「そ、それじゃ……」

遺産相続の件ばかりでなく、三角関係のもつれが放火殺人を引き起こした可能性もあったということか。

その推論を、瑞穂は呑み込んだ。石川の横顔に、微かな無念の感情を読み取ったからだった。捜査責任者として、事件の全容を解明したつもりが、そうではなかったと思い知らされ、さらには唯一真相を知る中嶋健二に自殺された。警察を離れた今もなお、石川は悔恨の石を胸に抱えているに違いなかった。

「で？　あの子はどうしてるって？」

石川は瑞穂に顔を戻して言った。

「大変な思いをしたろうなあ。なんせ両親と叔父をいっぺんになくして天涯孤独の身になっちまったんだ。児童養護施設に預けられて、俺も何度か会いには行ったんだが……」

「頑張っています。デザイナーになるのが夢だって言っていました」

「そうか……そうかあ……」

石川は顔を綻ばせ、だが、それは長続きせず、翳りのさした両眼をまた遙か遠くに向けた。それきり、石川は沈黙した。そう決意したかのように、目に見えない拒絶の壁を造って瑞穂に帰宅を促した。

そうされても、瑞穂はすぐには席を立てなかった。

頭の中がもやもやしていた。瑞穂に見えていないものを石川は見つめている。そんな気がして、石川と同じ方向に視線を投げていた。

## 7

午後三時を回っていた。

石川宅を辞した瑞穂は、D市と逆の方向に車を向けた。先月辞職した田中千恵子の実家がここから近かった。寮を出た時から、帰りに寄ってみようと決めていた。辞めた理由をまだ聞いていない。そのことが、気掛かりとしてずっと心にあった。

途中、何度か車を止め、携帯でしおりのアパートに電話を入れた。やはり、一刻も早く事実を知らせて安心させるべきだと瑞穂は考えていた。

しおりは不在だった。携帯も繋(つな)がらない。大型連休も明日が最終日だ。遊びに出ているのだと思うことにしたが、胸にある微かな不安は打ち消せなかった。中嶋健二は死んだ。もう、しおりを襲えない。なのに、胸騒ぎにも似たその不安は、石川の話を聞いてさらに増幅されたような気さえする。夕方には対策室にいるから電話を頂戴(ちょうだい)。

そう留守電に吹き込んで車を発進させた。

それから五分とかからず、庭にバラアーチのあるベージュの二階家に着いた。

「さあ、上がって上がって」

田中千恵子は驚くほど明るい表情で瑞穂を出迎えた。励ましにきた。瑞穂の気持ちはそうだったから、いささか面食らった。「疲れちゃった……」。ひと月前の千恵子は、声を掛けるのも躊躇(ためら)われるほどの落ち込みようだったが。

通された二階の六畳間は、散らかり放題散らかっていた。警察学校の教官がこの有り様を目にしたら、怒りを通り越して眩暈(めまい)を起こすに違いない。

「へえ、千恵子、英語勉強してるんだ」

テーブルに横文字のテキストが開いてある。

「うん。なんでもやってみることにしたの。ほかにもいっぱいやってるよ。フラワーアレンジメントとか簿記とか。そうそう、放送大学にも願書出したんだ」

「すごーい。千恵子ってそんな勉強家だったっけ。なんか、時事教養とかぜんぜんだめだった記憶あるけど」

「ひどーい。瑞穂だって刑訴法、追試だったじゃない。泣きべそかいて受けてたの覚えてるよ」

笑いながら、瑞穂は辞職の理由を聞こうかどうか迷っていた。蒸し返す必要はない気がする。千恵子は大丈夫そうだ。もともと誰よりも元気で積極的な性格だ。

千恵子の母親がニコニコしながら紅茶を運んできた。両親揃って、娘が婦警になることには反対だったわけだから、二十三歳の無職娘はいま、少なくとも家の厄介者にはされていないものとみえる。

母親の姿が消えると、千恵子はベッドの上で胡座をかいた。

「瑞穂はいま何やってるの？　まだ広報？」

「ううん、また替わったんだ。被害者対策の電話相談員。連休明けからだけど」

「へえ。瑞穂にぴったりかもね」

「そう思う？」

「思う、思う。なんか、瑞穂って一緒にいるだけで癒されちゃうとこあるもん」

「そうなんだ」

「うん。だけど――」

千恵子は顔を曇らせた。

「あんまり入れ込まないほうがいいよ」

「えっ……？」

「どうせまた都合よく使われるだけだから」

婦警なら、そのひと言で話が通じる。

七尾係長もよく口にする。確かに婦警は組織にとって都合のいいように運用されてきた。採用開始当初は、警察をソフトに見せんがためのマスコットガール的役割を担わされた。世の中が『交通戦争』に突入した時代は交通部門に集められ、少年非行が増加したと世論が騒げば今度はひとまとめにして防犯部門に送り込まれた。ただもうその時代、時代の社会の風向きに翻弄(ほんろう)され、個々の婦警の適性や力量などお構いなしに、単なる人数合わせの要員とみなされてきた歴史がある。

「組織のことだけ言ってるんじゃないのよ。婦警の問題だけじゃないの。あたし、警察そのものが市民に都合よく使われだしたと思う。なんでも警察、警察って面倒臭いこと押しつけられて。警察もその言いなりになって。瑞穂の被害者対策だってそうでしょ。それって警察がやること？　そんなことまでやってる余裕ないじゃない。どこの部署だってぜんぜん人が足りないんだから」

すぐには言い返せなかった。思い当たるところは多い。でも――。

「市民が警察に頼るの、無理ないと思うよ。世の中、どんどん悪くなってきてるし」

精一杯言ったが、千恵子の反撃は凄まじかった。

「瑞穂はちっともわかってないよ。あたしがQ署で何やってたと思う？　苦情即応班ってとこにいたの」

そういう名称の班が試験的につくられたという話は瑞穂も耳にしていた。

「朝一番の仕事はね、夜中に暴走族がスプレーで汚したトイレの壁やガードレールを掃除するの。ご近所のゴミ出しのトラブルや些細な夫婦喧嘩やピアノがうるさいとかいうのまで、通報があったらぜんぶ現地に行くの。犯罪を未然に防ぐためだって上の人は言うんだ。それがこれからの警察に求められている姿だって。だけど、ぜんぶは無理よ。昔は民事不介入って言ったでしょ。確かにあたしたちはそうは習わなかった。でも、このままいったら際限がなくなるよ。あたしはもうまっぴら。自分のために生きるって決めた。だから勉強してるの。わがままで意地悪な他人のためじゃなく、自分自身のために」

千恵子の目は赤かった。

「あたし、前に瑞穂が辞めるの止めたけど、後悔している。瑞穂も考えたほうがいいよ。警察は犯罪者を逮捕して治安を守って、あとは他の人たちの仕事よ。なんで警察が被害者のことまで考えなきゃいけないの」

瑞穂は黙り込んだ。ショックだった。悲しかった。わずかひと月前まで一緒に働いていた千恵子がこうまで言うなんて。

脳裏に、しおりの顔があった。

「でも、私、ほうっておけない……」

「瑞穂──」

「だってそうでしょ。頼られたら、突き放すわけにいかないよ」

「もう何か抱えてるの？」

「うん……」

「それどういう人なの？　瑞穂に何してほしいって期待してるわけ？」

「それは……」

瑞穂は口ごもった。

たとえ相手が千恵子であっても、制服を脱いだからには外部の人間だ。職務上知り得た情報を話すわけにはいかない。

伝わったらしい。千恵子は顔を強張(こわば)らせて瑞穂を見つめた。

「ごめん。もう行かなくちゃ」

瑞穂は腰を上げた。

「千恵子、元気でね。私も私なりに頑張るから」

千恵子は送りに出なかった。

別々の道を歩き始めた。もう会えなくなるかもしれない。決別……。やはり今年の春は苦(にが)過ぎると、痩(や)せ細った心で瑞穂は思った。

8

五時前には県警本部に着いた。

駐車場で、南係長と音部主任の車が目にとまった。広報室を覗くと、二人が報道各社への電話連絡に追われていた。連続放火の犯人が捕まったというのだ。

「消防団員だったんだよ。夜回りしながら火をつけてやがったんだ。道理で捕まらなかったわけだぜ」

「絵に描いたようなマッチポンプ野郎だ。ふざけやがって」

休みに駆り出された腹立たしさをぶちまけるように、二人は口々に犯人を罵った。

瑞穂は発表用紙に目を落とした。

捜査一課は犯人の目星をつけていたのだと書いてある。放火の疑いのある火災現場では、野次馬の写真をおさえておくのが捜査の常道だ。多くの場合、放火は愉快犯だ。犯人は野次馬に紛れ、自分がつけた火が燃え盛るのを見て喜ぶ。そこをカメラで狙うのだ。

まんまと犯人は引っ掛かっていた。これまでの三十四件の放火現場のうち、実に二十一カ所で同じ男が写真に撮られていた。消防団の人間だから現場にいてもおかしくないと言えばそれまでだが、男の所属する消防団が出動していない遠くの現場でも三回、野次馬とともにフレームの中に納まっていた。

「手伝います」

まさか素通りしてしまうわけにもいかない。瑞穂は幾つかの雑用に手を貸し、部屋が落ちついたのを見計らって五階に上がった。

対策室に入ってすぐ、しおりに電話を入れた。まだ留守電だ。六時十分。いったいどこへ行ってしまったのだろう。

思った頭に、昼間、千恵子が発した言葉の数々が冷や水のように降ってきた。

——確かにそうよね……。

瑞穂は溜め息まじりに思った。

相手は二十歳の大人だ。殺人犯に付け回されているのならともかく、すべての危機は去ったのだ。中嶋健二は死んだ。もう報復を恐れる必要はない。放火犯だって捕まった。しおりの神経を掻き乱す材料は消えてなくなった。

ならば、その二つの情報を伝えることが、しおりに対する『被害者支援対策』の最後の仕事になる。

これで最後……。終わり……。

瑞穂は釈然としないものを感じた。

終わりでないような気がする。なぜそんな気がするのかわからないが、しかし、そう感じる。

しおりの心のケアが済んでない……？

　またしても、千恵子の顔と声が押し寄せてきた。

　それを追い払い、瑞穂はバッグから似顔絵を取り出した。中嶋健二。デスクの奥に立て掛け、眺めてみる。やはり穏やかな顔だ。この男が血相を変え、しおりの胸ぐらを摑み、「絶対喋るなよ」と脅した――。

　イメージが湧かない。兄のほうが悪いやつだった。石川の話を聞いているからなおさらだ。

　そもそも、しおりはなぜこんな優しげな叔父を瑞穂に描かせたのだろう？　口止めされた時は「すごく恐い顔して」と言っていた。普段はしおりにも優しかったということか。だが、その叔父は両親を焼き殺した男なのだ。当時の恐怖をオブラートに包み込むために優しい顔を描かせたのか。それとも――。

　宙を彷徨っていた瑞穂の視線が、ふっと一点に止まった。

　あっ……。

　脳が勝手に動いていた。まったく無関係に存在していた幾つかの情報が、互いに吸いよせられるかのように集まってきた。翳りのある目。肌の手触り。新聞記事……。

　それらは一つの結論を求めて形をなそうとしている。だが、うまくくっつかない。形にならない。きっとそう、まだ何かが足りない――。

　突然、部屋のドアが開いた。瑞穂は椅子から転げ落ちそうになった。香山なつきが入室してきたのだ。

「頑張ってるって聞いたから」

　なつきは陣中見舞いだと言って、コンビニの袋をデスクに置いた。中から菓子パンやパック詰めのジュースを次々と取り出す。

「ありがとう」

　手を出さなければ、『なんか体調が悪いみたいで』にされる。かといって食べすぎれば、『彼女、ああ見えても大食いで』だ。兼ね合いが難しい。

　が、なつきの突然の来訪の意図は別にあった。

「瑞穂、ちょっとまずいんじゃない」

「えっ？　何が？」

「若い娘が相談してきてるでしょ」

「あっ、うん……」

「ちゃんと名乗ってるらしいじゃない。そういう時はこっちで対処するから話を通してくれないと困るのよ」

　瑞穂は押し黙った。確かに電話相談員の職務をはみ出している。そんなことはわかっていた。だが、なつきにしおりを託すことなどできない。そもそも、この被害者支援対策室になつきがいること自体が間違ってる。

「相手の人、名乗ってないから」

　口からぽろっと言葉が出た。

「えっ？　そうなの？　だって室長が――」

「しおり、としか言ってないの。苗字は教えてくれないの。だからウソの名前かもしれないし」

「ふーん、そうなんだ……」

　なつきの勢いは萎んだ。

　嘘は言っていない。瑞穂はしおりのフルネームを新聞で知った。だが、本人からは、下しか聞いていない。要するにまだ匿名の範疇なのだ。

　瑞穂には内心、してやったりの思いがあった。なつきのやり口を真似たのだ。情報を少し加工して――。

刹那(せつな)、またしても脳が勝手に動き始めた。

情報の加工……。

それだ。

それが最後のキーワードだった。なつきの登場で一度は霧散した幾つもの情報が再び一所に集まり、確かな形になった。そして、瑞穂に一つの結論を伝えてきた。

残酷な結論だった。

視界が色を失った。頭が締め付けられるように痛んだ。

電話が鳴った。

しおりからだった。明るい声。

〈すみません。留守にしちゃって〉

「いいのよ」

〈なんでしょう?〉

「放火犯が捕まったの」

〈そうですか。ひょっとして子供ですか〉

「違うけど、どうして?」

小さな間があった。

〈ちっちゃい子だからずっと捕まらないのかなあ、って思ってたんです〉

瑞穂は目を閉じた。

「もう一つあるの」

〈なんですか〉

「中嶋健二はもういないから」

〈えっ……？〉

「死んだの」

小さな悲鳴が受話器を伝って届いた。

しおりは泣きだした。

それは、暗闇の中を迷い歩く『ちっちゃい子』の泣き声に聞こえた。

## 9

連休最終日は、五月晴れと形容するにふさわしい、雲一つない青空が広がった。

瑞穂は車で『ハイツまつざか』に向かっていた。朝方、しおりから寮に電話があった。ドライブに連れていってほしいというので、二つ返事で引き受けた。

角を折れると、アパートの前に立つしおりの姿が見えた。手に紙袋を提げている。

瑞穂が小さくクラクションを鳴らすと、手を振って駆け寄ってきた。

「その袋なあに?」

助手席に乗り込んできたしおりに聞いた。

「内緒です」

「ふーん。まあいっか」

瑞穂は車を出した。

「さーて、どこドライブしよう?」

しおりは答えなかった。ちらりとその横顔を見る。目を閉じていた。いや、すぐに開いて瑞穂に視線を合わせた。

「E署に連れていってください」

はっきりとした声だった。

瑞穂は前を見たまま言った。

「行っても何も変わらないのよ」

「…………」

「この先、何十回も少年法が改正されたって、六歳の子のしたことは罪にならない」

「…………」

「捜査も裁判も何もかも終わったことなの。いまさら何も変わらないの」

「いえ。変わります。私が……生まれ変わります」

言葉が胸に染み入ってくる。

「私、変わりたいんです。今までみたいな気持ちで生きていくの、もう嫌なんです。何もかも本当のことを話して、今までの自分とさよならしたいんです」

過去との決別――しおりの決意は固かった。

瑞穂の脳裏に中嶋健二の似顔絵があった。涼しい目元。穏やかな丸顔。それは、しおりと重なる部分が多い。

叔父と姪。似ていても不思議はない。だが、しおりが健二の子供だったと考えれば、これまでとは別の物語が見えてくる。

秘密を知った兄の中嶋正一は怒り狂い、健二を痛めつけ、遺産を奪い、そして、しおりにも憎悪の牙を向けた。背中の火傷の痕は、あの日の火災が残したものではなかった。当時の新聞にちゃんと書いてあった。しおりは無傷で助け出された、と。

夫を裏切った負い目からか、それとも経済的従属か、母親の須美子も折檻を止めてはくれなかった。どれほど泣いても叫んでも見て見ぬふりをした。だから、しおりは二人ともこの世から消えてなくなってほしいと願ったのだと思う。

六歳のしおりは深夜、一人で寝かされていた部屋を抜け出し、階段を上った。夫婦の寝室に火をつけた。ライターの使い方も恐ろしさも、我が身への折檻で知っていた。

母屋の異変に気づき、はなれに住んでいた健二が駆けつけた。しおりの仕業だと見抜き、口止めした。火をつけたことは絶対に喋っちゃだめだぞ。だが、警察が放火と断定することは目に見えていた。しおりは六歳だ。罪には問われないが、両親を焼き殺した娘として生きていかねばならない「我が子」の行く末を案じた。すべての責は兄の妻と関係を続けていた自分にある。健二はしおりに言い聞かせた。人に聞かれたら叔父さんが二階に行くのを見たと言え。暗示をかけたのだ。火をつけたのは叔父さんだ。しおりじゃない――。

しおりは暗示にかかった。いや、無意識のうちに、健二の言葉を「加工」したのかもしれない。口止め。脅し。恐い顔。それらをたどたどしく繋ぎ合わせて、自分が存在しない事件の物語を作り上げた。小さな胸に芽生えた自己保存本能。それが真相だったのではあるまいか――。

捜査責任者だった石川の目の翳りが思い返される。おそらく、瑞穂と同じ推理の線を伸ばしていた。中嶋夫婦と健二の三角関係を知った後、しおりに疑いを抱いた。だが、裁判は終わり、健二もこの世を去った。石川は黙して遥か遠くを見つめるしかなかった。

加工された記憶……。しおりはいつから疑い始めたのだろう。最近になってか。それとも、六歳の時からずっとか。

E署の建物が見えてきた。

「平野さん、いろいろありがとうございました」

「一つ聞いていい？」

「ええ」

「最初からこのことを話すつもりで電話してきたの？」

「ええ。でも、言えなかったと思います。相手が平野さんでなかったら……」

しおりはずっと瑞穂にサインを送っていたのだ。健二の似顔絵もそうだった。自分の本当の父親なのだと知っているのかもしれない。最愛の人。そう瑞穂に知らせたくて、とびきりのいい顔を描かせたのだと思う。

それでも気づかない瑞穂に、しおりはとうとう『自供』してみせた。

ちっちゃい子なら疑われない――。

車はE署の駐車場に止まった。

瑞穂はしおりの目を見つめた。

「本当に行くの?」

「本当は面会に行きたかった」

「えっ……?」

「今できることをします」

「ん……わかった。じゃあ一緒に行こ」

瑞穂がドアを開くと、しおりが紙袋を差し出した。中を見る。洋服? 引き出すと、空色のワンピースが現れた。今日の空によく似たスカイブルー。

「平野さん、九号でしょ。ちょっと細身の九号って感じで縫ってみました」

「うそ。いつの間に……？」

「一応、プロですから」

瑞穂はワンピースを袋に戻した。

「私もプロだからもらえない。警察官はお礼をもらったりできないの」

「そんな……」

顔を曇らせたしおりに、瑞穂はウインクしてみせた。

「もう、もらっちゃったしね」

「えっ……？」

「以前と同じ気持ちで似顔絵を描けたの。なにもかもあなたのお蔭」

しおりの顔が綻んだ。

瑞穂は、ほろ苦い思いを押し隠し、精一杯の笑顔を返してみせた。

# 疑惑のデッサン

## 1

街は閑散としていた。外出するには勇気がいる。38℃――。その日曜日、D県平野部の気温は体温を超えてしまっていた。

私鉄N駅の改札を出た三日月顎の若い男は、額に手を翳して顔を顰め、やおらTシャツの裾を捲り上げて胸の近くまで素肌を晒した。その半裸の姿のまま陽炎揺らめく駅裏の舗道をだらしなく歩き、ガードレールに沿って横一列にひしめく放置自転車に目を向けるや、周囲を窺うでもなく、鍵の壊れた一台に手を伸ばした。ハンドルとサドルを摑み、舗道に下半身を残した無理な体勢で後方に引きずり出した。背後で小さなトラブルが生じた。舗道を遮る格好になった自転車の後輪が、やや裾をすぼめたライトグレーのスラックスと交錯していた。めっぽう背の高い痩せぎすの三十男。

すみません。三日月顎が口にするより早く、痩せぎすの罵声が轟いた。

「馬鹿野郎！　どこ見てやがんだ！」

38℃。そうでなかったら、痩せぎすは別の言葉を発したかもしれない。

「あ？　ざけんなよオヤジ。てめえがボケッとしてるからだろうが！」

38℃。そうでなかったら、三日月顎は、喉元にあった「すみません」をそのまま口にしていたかもしれなかった。

二人はその場で幾つもの売り言葉と買い言葉を交わした後、互いのシャツを摑み合いながら、高架鉄道を支える巨大なコンクリート柱の裏手に回り込んだ。痩せぎすはスラックスと同色の薄っぺらい上着とアタッシェケースを手にしていた。一見してセールスマンの身支度だが、パーマを短く刈り込んだ頭髪といい、眉間の皺の作り方といい、かなりの強引さがなければ売れないものを売っている人間のようだった。

痩せぎすの発散するそのキナ臭さと十五センチほどはある身長差が、三日月顎に、ポケットの中に潜ませてあったバタフライナイフを早々と握らせた。一閃。弧を描いて振るったナイフは、その道のプロでもこうはいくまいと思えるほど正確に瘦せぎすの頸動脈を切り裂いた——。

幼い娘の手を引いて舗道を歩いていた日傘の女は、小さく舌打ちして立ち止まった。倒れた自転車が舗道を遮っている。どけようか。だが、両手は娘と日傘で塞がっている。握った手に力を込め、娘の身体を宙に浮かせて後輪を跨がせた。娘がケラケラと笑った、その時だった。高架下の日陰から血相を変えた男が目の前に飛び出してきた。目が合った。そばかす顔。一瞬そう思った。それが返り血を浴びた顔だと気づいたのは、走り去る男を首を傾げて見送り、もう一度跳びたいとせがむ娘を急かして足を数歩進め、首から湧き水のように血を噴いている瘦せた男を発見し、そして、さらに空白の何秒かが過ぎた後だった。

女が発した金属音に近い悲鳴は、降るようなセミの声をいっとき沈黙させた。

2

28℃——。

D県警本部からほど近い洋品店の二階、『青木絵画教室』のフロアは、最大風量にセットされた二台の旧式エアコンによって、どうにか十五人の生徒をデッサンに集中させていた。イーゼルにキャンバスを立てているのは数人で、美大や美術専門学校への進学を目指す高校生の一団は、課題として与えられた円錐体や球体の立体模型を手元のスケッチブックに写し取るべく苦心惨憺している。

平野瑞穂は、幾つもの石膏像が置かれた奥の机に向かっていた。もう小一時間、マルスの大胸像と格闘しているが、いい線が引けずに悩んでいた。描いては消し、消しては描いての繰り返しだ。形。空間。明暗。質感。どれ一つとして思い通りにならない。ブランクが痛かった。一年半ぶりだ、この教室に瑞穂が顔を出したのは。

「似顔絵婦警」の育成にD県警が本腰を入れたのは三年前だった。事件の被害者や目撃者から犯人の顔の特徴を聞き出して手配用の似顔絵を作成する。今ではすっかりポピュラーとなったその捜査手法を本格導入するため、当時、本部鑑識課の一員だった瑞穂に白羽の矢が立てられた。正確な似顔絵を描けるようにデッサンの基礎を学んでこい。上に命じられ、公費で一年間この絵画教室に通い詰めた。

今回は自腹である。

犯罪被害者支援対策室の電話相談員。それはそれでやり甲斐のある職務だ。しかし、中嶋しおりとの出会いを通じて、やはり自分が一番やりたい仕事は似顔絵で事件を解決に導くことなのだと思うに至った。いつか鑑識に戻りたい。いや、必ず戻って似顔絵を描く。その日のために、毎週日曜日の午後の三時間と月謝六千円を自己投資しようと決めた。今日がその再出発の日。折よく二十四歳の誕生日でもある。

「平野さん――ここ、ちょっと翳の線の密度が混み過ぎてるね」

髭面の青木が、瑞穂の画用紙を覗き込んで言った。四十半ば。階下の洋品店の跡取り息子で、元は高校で美術を教えていた。

「久しぶりで緊張してるかな？」

「ええ。なんだか手が強張ってうまく動かなくて」

瑞穂が頰を赤らめて答えると、青木は微笑みながら腕を組んだ。

「心配することないよ。すぐに手が思い出すから」

「でも、私、付け焼き刃だったから……」

瑞穂は高校生らの並ぶ机に弱気な視線を投げた。

「もっと基礎からやり直したほうがいいでしょうか」

「そんな必要ないって。大丈夫。もともと平野さんは手がいいんだから」

手がいい。小学生の頃にも担任の先生にそう言われた記憶がある。分校で一番絵が上手(うま)かった。幾つかの作品は村や県のコンクールに出品されて賞状を貰(もら)ったこともあった。図工の時間が来るのが待ち遠しくてならなかった。誕生日に、木箱に入った絵の具セットをプレゼントされた時は思わず父の首に抱きついた。

今もそれに近い気分だ。心が浮き立っている。以前のように迷いなく線を引けないことがもどかしくもあるが、絵に関するそんなこんなに一喜一憂できる時間を再び持てた喜びが胸に大きい。

「よーし、頑張ろうっと」

「そうそう、その意気。平野さんが本気になれば——」

D県警も安泰だ。他の生徒の手前、青木は最後のところを小声で言い、一拍置いて、ため息まじりに付け加えた。

「三浦さんも平野さんぐらい描けるといいんだけどね」

三浦さん……？

あっ、と瑞穂は小さく叫んだ。

三浦真奈美。現在、鑑識課で似顔絵描きを担当している婦警である。

「どうかしたかい？」

「先生、彼女もこの教室に？」

「あれ？　知らなかったのかい？」

「え、ええ……」

――なんて馬鹿なの。

迂闊というよりほかなかった。少し頭を働かせればわかることだった。瑞穂がそうだったように、デッサンを学ぶため真奈美もこの絵画教室に通うよう上に命じられたのだ。

慣れた教室がいい。改めて絵の勉強をしようと決意したとき迷わず青木に電話を入れたが、別の教室を探すべきだった。ここで鉢合わせとなり、似顔絵描きの前任者が、再び絵を習いに来ていると知ったら真奈美はどう思うか。いい気持ちがしないに決まっている。きっと自分の職域を侵されたような思いを抱くだろう。瑞穂が鑑識に未練があるのではないかと勘繰るかもしれない。いや、それこそ図星ではないか。時期は「いつか」と敢えてぼやかしてはいるが、瑞穂が似顔絵描きに復帰したいと願っているのは本当のことなのだ。

いずれにせよ、ここで新旧二人の「似顔絵婦警」が顔を合わせれば、双方気まずい思いをするのは目に見えている。

急用を思い出した。青木にそう告げ、瑞穂はあたふたと帰り支度を始めた。前方のドアが気になった。今にもそのドアが開いて、真奈美が部屋に入って来そうな――。

「あれ？　平野先輩？」

開いたのは後ろのドアだった。万事休すの思いで振り向くと、肩から大きなビニールバッグを下げたジーパン姿の三浦真奈美が立っていた。顔中、汗まみれだ。

瑞穂は自分でも恥ずかしくなるほどうろたえた。何をどう話せばよいか考える間もなく、子鹿を連想させるすらりとした身体が近づいてきた。瑞穂より二つ下の二十二歳。目が大きく、笑うとえくぼが出る。今がそうだ。笑っている。しかし、その内面はどうか。

「驚いたあ。先輩、どうしてここに？」

「うん。私、絵が好きだから」

思わず子供染みた生の気持ちを口にしていた。嘘と言えば嘘だ。やはり後ろめたい。

「またここに通うんですか」

探りの混じった視線をまともに受け、たまらず瑞穂は目を伏せた。

「あ、ううん。まだ決めてないの。考えてるとこ」

「へえー」

間抜けに語尾を伸ばし、そうしながら、真奈美は広い額の内側で盛んに思考を巡らせているようだった。

真奈美とは同じ女子寮に住んでいるが、これまであまり話をしたことがなかった。部屋の階が違うし、鑑識は朝早く夜が遅いから、食堂で一緒になることも滅多にない。それに、似顔絵描きの職務は、瑞穂が改ざん問題で休職した後、いったん一期下の婦警が引き継ぎ、その婦警から真奈美にバトンタッチされた。そんなわけで、瑞穂と真奈美の間に仕事の上での接点はまったくと言っていいほどなかった。

――どうしよう……。

帰るに帰れない。かといって、瑞穂の頭の中は真っ白で、話の接ぎ穂はどこにも見当たらなかった。

と、いきなり、真奈美が思いがけない台詞(せりふ)を口にした。

「私、平野先輩を励みに仕事してるんです」

「えっ……？」

「そうだ。絵、見て下さい。先輩の意見を伺（うかが）いたいんです」

言いながら、真奈美は手にしていたバッグの中からスケッチブックを引き出した。

「そんな、私なんかじゃ……」

顔の前で手を振ったが、真奈美は構わず頁（ページ）を捲り、デッサンの一枚を開いて自分の胸に押し当てた。

「どうでしょう？」

ヴィーナスの小胸像――。

真奈美に似ている。瞬時にそう感じた。どこがどうというわけではないが、おそらくは目鼻立ちのバランスだろう。瑞穂も初めてヴィーナスを描いた時、青木に同じことを指摘された。「やっぱり人間っていうのは自分の顔が最も顔らしい顔だと思っているのかなあ。デッサン力がないと不思議と自分に似た顔を描いてしまうんだ」――。

瑞穂はしばらくヴィーナスを見つめていた。いや、その上にある真奈美と目を合わせられずにそうしていた。

稚拙なデッサン。ほかに評する言葉が浮かばなかった。全体のバランスだけではない。線がたどたどしい。場所によっては粗い。翳のつけ方も不自然だ。なにより、絵を描くことに対する愛着というか、拘り（こだわ）というか、そうした描き手の思い入れが微塵（みじん）も感じられない空疎なデッサンだった。

真奈美は嫌々絵を描いている。瑞穂にはそうとしか思えなかった。

「どれぐらい描いてるの？」

やっとの思いで瑞穂が聞くと、真奈美は照れ笑いを浮かべた。

「もう半年になるんですけど」

瑞穂は視界の隅に青木の姿を探した。太った主婦に何やら説明しながらキャンバスに木炭で手を入れている。

三浦さんも平野さんぐらい描ければいいんだけどね……。

青木も困っているのだ。真奈美に上手くなってもらわねば、県警から「似顔絵婦警」の育成を託されている自分の立場がない。責任も感じているだろう。真奈美の描く似顔絵の出来によっては、捕まる犯人も捕まらなくなってしまうのだから。

だが、目の前の真奈美は屈託なかった。

「先輩、どうでしょう？」

「どうって言われても……」

「アドバイスお願いしま——あっ」

まさに助け船だった。くぐもった着信音。真奈美はジーパンのポケットから携帯を引っ張りだした。

「はい、三浦です」

これ幸いと瑞穂は画材をバッグに詰め始めたが、しかし、背中で真奈美の電話応対を聞くうち、手が止まった。振り向く。

「はい……はい！　わかりました！」

事件だ。それも大きい。真奈美の声と顔色の変化がそう知らせている。

真奈美が電話を終えると、警察官の顔になった二人は外廊下に出た。38℃。ワッという感じで空から熱と光が降ってきた。

ヒソヒソ声で話す。

「N駅の裏で殺しだそうです」

「ホシは？」

「逃げてます」

「マル目はいるの？」

「ええ。通りがかりの主婦が顔を見てるらしいです」

ならば似顔絵の出番だ。瑞穂はポケットに車のキーを探った。

「行こう。現場まで乗せてってあげる」

「ヤダ、一人で行けますよオ。だいいち、私、去年までN町の交番にいたんですよ」

「そうじゃなくて、車、本部に置いてここまで歩いてきたんでしょ？」

「あっ、ええ。そうでした――先輩、なんでわかりました？」

「来た時すごい汗だったもの。行こう。私のはすぐ下にあるから」

瑞穂が階段に足を向けると、背後で硬い声がした。

「いいです、先輩」

「えっ……？」

振り向いた瑞穂は息を呑んだ。すぐ後ろに、挑むような鋭い両眼があった。全身が粟立った。強烈な陽射しに晒された素肌までもが瞬時に熱を失った。

真奈美は破顔した。

「ご心配なく。ダッシュで行けば本部まで三分ですから」

「でも……」

「私の仕事ですから」

今にも崩壊しそうな笑顔で言うと、真奈美は瑞穂を押し退け、派手な音をたてて鉄製の外階段を駆け下りていった。

瑞穂は呆然と見送った。溌剌とした真奈美のランニングフォームが通りの角を折れて消えるまでそうしていた。

私の仕事ですから——。

瑞穂は唇を噛んだ。

似顔絵の作成はスピードが勝負だ。目撃者の記憶は時間とともに薄れてしまう。だから、一刻も早く真奈美を現場へ送り届けよう。瑞穂はただそう思っただけだった。彼女を差し置いて似顔絵を描く？　現場へ行けば描かせて貰うチャンスがあると思った？　なかった。誓ってもいい。そんな気持ちは微塵もなかった。なのに……。

思いを反芻するうち、真奈美がひどく憎らしく思えてきた。妬み。そうかもしれない。

瑞穂のほうが数段絵が上手い。絵に対する情熱だって真奈美に負けっこない。なのになぜ彼女が「似顔絵婦警」で、自分はそうではないのか。

瑞穂は教室に戻った。

マルスの胸像と向き合った。4Bの鉛筆を握り締めた。28℃。だが、瑞穂の胸の裡は、外気を凌ぐほどにむせ返っていた。

3

月曜の朝刊各紙は、一斉に『N駅高架下の喧嘩殺人』を大きく報じた。犯人の似顔絵も全社が掲載した。一言で形容するなら、それは「非常に出来栄えのいい」似顔絵だった。

午前十時。D県警本庁舎五階、犯罪被害者支援対策室——。

瑞穂は所在なげに『なんでも相談テレホン』の専用電話の前で頬杖をついていた。

今日はまだ相談の電話が一件もない。いや、七月に入ってからというもの、電話が鳴ったのは数えるほどだ。県下各地の所轄に設けられている相談窓口には、ストーカー被害の届け出がさばききれないほど来ているというのに。

「まあ、ボチボチやるさ。電話相談事業は、警察以外でもあちこちでやってるからな。分散しちゃうんだ、どうしても」

室長代理の田丸がぼやくでもなく言った。気詰まりな空気を破りたかったのだろう。田丸と瑞穂を除く室員はみな朝から外出していて、捜査一課別室のこの狭苦しい小部屋にずっと二人きりだ。

瑞穂も部屋を出たくてうずうずしていたところだった。似顔絵をじっくり見たい。出勤してすぐ朝刊を開いたが、部屋に顔を出した古株の刑事に持っていかれてしまったのだ。いそいそとした彼の様子から察するに、N駅の現場写真にたまたま自分の姿でも写っていたか。

「室長――ちょっと席を外してもいいでしょうか」

「ああ、どうぞどうぞ。ごゆっくり。電話がきたら受けとくよ」

瑞穂は階段で一階に下り、広報室のドアを細く開いた。春先まで所属していた部署だ。被害者支援対策室に移った後もしばらくここの仕事を兼務していたが、先月、ようやく正式に辞令が下りて、瑞穂の身分は対策室専属となった。

広報官の船木が在室していたら寄らないつもりでいたが、部屋には音部主任が一人でいて、受話器を握っていた。新聞見せて下さい。丸い背中に小さく声を掛けて、瑞穂はテーブルの上にあった朝刊の束を抱えた。部屋の中を見回し、今は空席となっている元の自分のデスクに腰を落ちつけた。

地元紙の社会面を開く。『N駅高架下で喧嘩殺人』。トップ記事だ。

似顔絵に目を落とす。

今朝見た時と同じ印象だった。

上手い。いや、上手すぎる――。

輪郭。目。鼻。口。どの線も自信満々に引かれ、細部に到るまで丹念によく描き込まれている。上手いだけでなく迫力がある。生々しい。そんな感じさえ受ける似顔絵だ。

三浦真奈美が描いた？　にわかに信じがたい。瑞穂の脳裏には、昨日見た稚拙で空疎なヴィーナス像のデッサンが焼きついている。

瑞穂は一つ息を吐いた。落ちついて。冷静に。客観的に。自分にそう言い聞かせて、もう一度、似顔絵を見つめる。

かなり特徴のある顔だ。面長で、その割に額が狭く、逆に顎は異様に長くて先端は尖った感じだ。目は一重瞼で剃刀のように細い。鼻筋は通っていて鼻梁が高い。頭髪は長髪。パーマが伸びきったようなゆるやかなウエーブがかかっている。若い。似顔絵の説明書きには、二十歳から二十五歳ぐらい、とある。

捕まる。この似顔絵が犯人に似ているのだとするなら、日本中どこへ逃げても必ず捕まる。そう確信できる絵だ。似顔絵を見た市民の通報によって事件が解決する。それは瑞穂も嬉しい。そうなってほしいと思う。だが——。

思考はやはりスタート地点へ立ち戻ってしまう。

——ホントに彼女が描いたの……？

目の前にある似顔絵は、真奈美の技量を遥かに超えているような気がしてならない。

無論、描き手のデッサン力の有る無しが、似顔絵の出来不出来を決定付けるわけではない。いい似顔絵が作成される第一の条件は、目撃者がどれだけ正確に犯人の顔を記憶しているかに懸かっている。さらには、その記憶をいかに具体的に描き手に伝えられるかにも大きく左右される。だから、似顔絵を描く側の人間にとって重要なのは、目撃者とのコミュニケーションであり、求められるのは聴取能力である。興奮している目撃者を落ちつかせ、同じ視点に立ち、決して誘導することなく確かな記憶のみを抽出して画用紙に具現化していく。それこそが「似顔絵婦警」の職務だ。

だが、どれほど目撃者の記憶が鮮明で、描き手がその記憶を完璧に引き出すことに成功したとしても、それを絵に表す技量がなければ何にもならない。他人の頭の中の記憶を形にする。その極めて困難な作業を成し遂げようとするなら、言うまでもなく、描き手が高度なデッサンの技術を有していることが大前提となる。

瑞穂は記事を目で追った。もう一つ確かめたいことがあったのだ。

被害者の名は窪塚牧夫。東京在住の三十二歳の男だ。三日前からD県内に入り、南の島の原野を切り売りするセールスをしていたという。犯行は午後二時ごろ。道路の反対側を歩いていた会社員の証言によれば、窪塚と犯人は舗道で突然口論となり、二人もつれ合うようにして高架下の日陰に消えた。結果、窪塚は犯人にナイフで首を切られて殺害された。死因は失血死。犯人の遺留品はなし。

名前は伏せてあるが、犯人の顔を目撃した主婦から県警が聴取した証言内容も載っていた。娘を連れて舗道を歩いていたら、突然、日陰から若い男が飛び出してきて鉢合わせになった。男は顔に返り血を浴びていた。すぐに背を向け、東の方向に走って逃げた。

――やっぱり……。

「鉢合わせ」「すぐに背を向け」……。この表現から推察すると、主婦が犯人の顔を見たのはせいぜい数秒……。確かめたかったのはそのことだった。今回の似顔絵は、犯人の顔を数秒見ただけの目撃者の記憶を元に描かれた、ということだ。

瑞穂は背筋に這(は)い上がるものを感じていた。

数秒の記憶……真奈美の技量……それでこの似顔絵が作成できたとするなら……。

奇跡――。そう言うほかない。

嫌でも一年半前の「改ざん」の記憶が蘇(よみがえ)る。

白昼のひったくり事件。あの時の被害者も数秒しか犯人の顔を見ていなかった。その証言をもとに瑞穂は似顔絵を描いた。結果はどうだったか？　所轄から届いた犯人の顔写真は似顔絵に少しも似ていなかった。セッティング済みだった記者会見の時間が迫り、事態に窮した森島鑑識課長は瑞穂に命じた。この写真そっくりに似顔絵を描き直せと――。

真奈美も犯人の写真を見て描いた……？

いや、違う。そんなはずはない。瑞穂の時とは違って、今回の犯人はまだ捕まっていないのだ。写真を見て似顔絵を描ける道理がない。

——じゃあ、なぜ……？

この出来栄えのいい似顔絵の成り立ちをどう解釈すればいいのだろう。感じたそのままに奇跡を信じろというのか。

ぼんやりと窓の外に向けた瑞穂の視線が、ふっと一点に止まった。

噂をすれば、のタイミングだった。

真奈美がいた。

瑞穂のいる本庁舎と資材倉庫の間の中庭をとぼとぼ歩いている。うつむいている。肩を落としている。昨日の躍動感が嘘のように消え失せている。

考える前にもう瑞穂は窓を開けていた。顔が外の熱気に包まれた。

真奈美は倉庫の角を折れるところだ。

「三浦さん——」

聞こえたはずだった。背中が微(かす)かに反応したのを瑞穂は見逃さなかった。だが——。

真奈美は振り向かなかった。足を止めずに、いや、その足を速めて倉庫の角を折れ、姿が見えなくなった。

逃げた……？

「おい、どうしたよ平野？」

音部主任が声を掛けたが、瑞穂は振り向かなかった。

何か裏がある。からくりがある。

奇跡的な似顔絵――。

その陰に潜む、暗く、ジメジメとした湿地帯を垣間見たような気がして、瑞穂は胸騒ぎを抑えられなかった。

## 4

午後三時。瑞穂は北庁舎一階にある厚生課の売店にいた。余程のことがない限り、鑑識課次席の湯浅は、三時の休憩時間にこの売店に下りてきてリポビタンDを呷(あお)る。

日課は変わりないようだった。一分も待たないうちに、育毛剤の匂(にお)いを漂わせた青白い顔が売店に現れた。

「いつもの」

つまらなそうに言って、湯浅はカウンターに置かれた冷蔵ボックスを指さした。

「次席――」

背後から声を掛けると、湯浅はゆっくりと首を回し、嫌なものを見ちまった、というような顔で舌打ちした。

瑞穂にしても、相当の覚悟で声を掛けた。「改ざん事件」の当時、湯浅は機動鑑識班の班長をしていた。瑞穂の直属の上司だったのだ。だから、すべての経緯を知っている。瑞穂が泣きながら改ざんを拒否したことも。最後にはとうとう描かされ、それがもとで瑞穂が失踪騒ぎを起こし、半年間の休職に追い込まれたことも……。湯浅は課長の言いなりだった。似顔絵を改ざんする部下を見て見ぬふりで通した。そのことが、瑞穂の心の傷をより深いものにしている。

思えば、職務に復帰した後、瑞穂は一度も湯浅と口をきいていなかった。庁舎内で顔を合わせても、互いに視線を逸らす関係が続いていた。

「ちょっとお話があります」

瑞穂は顔を紅潮させて言った。

「あ?」

「時間はとらせません。お願いします」

自分でも驚くほど強引に、売店奥の丸テーブルに湯浅を誘った。

「何だよ、話って?」

渋々椅子に腰を下ろすと、湯浅は苛立った手で煙草に火をつけた。

「N駅の似顔絵のことです」

やっぱりか、の顔。

「私、びっくりしました。あんまり出来栄えがいいんで」

「ああ」

「あれなら絶対捕まりますよね」

「ああ」

湯浅はそっぽを向いたまま不味そうに煙草をふかしている。

「一般からの情報は?」

「ああ。かなり来てるらしい」

「マル目の主婦、大丈夫なんですか」

「…………」

無論、質問の意味は通じている。

「鉢合わせになって一瞬見ただけなんでしょう？　それでよくあんなに詳しく証言できましたね」

「いろんな人間がいるだろうが。ちょっと見ただけで写真みたいに人の顔を記憶できちまう奴とか」

稀(まれ)にだが、確かにそういう人間はいる。だが――。

「昨日、三浦さんのデッサンを見ました」

湯浅が瑞穂を見た。探る目だ。

「それがどうした……？」

意味は通じている。

「あの似顔絵、本当に三浦さんが描いたんですか」

「他に誰が描くよ？」

「ええ。他にはいません。でも――」

遮って、湯浅が言った。

「彼女はマル目に取り入るのが抜群にうまいんだ。ホシの特徴を聞き出すのもな」

それはきっとそうなのだろう。瑞穂は一つ頷いた。

「でも――」

「お前、何が言いたいんだ？」

湯浅がドスの利いた声を出した。

引いちゃ駄目。瑞穂は自分に言い聞かせて湯浅の目を見据えた。

「ないですよね？　私と同じようなこと……」

湯浅はすっと目を逸らした。

――あるの……？

湯浅は煙草をもみ消しながら鼻で笑い、瑞穂に目を戻した。

「お前、まだ根に持ってるのか」

「違います。そうじゃなくて」

「お前だけじゃないだろうが。あの件じゃ、課長だってよ」

似顔絵改ざんがあった翌年の定期異動で、森島課長は交通部の運転免許課長に移った。横滑り。いや、降格と言ってもいい人事だった。

湯浅は目を尖らせた。

「おい、考えてみたことあるのか。お前らは嫁にでも行っちまえばいいけどよ、課長はずっとこのカイシャでやっていかなきゃならないんだぜ。それが、あんなつまらないことで出世も何もかもオジャンだ」

つまらないこと……！

瑞穂は目を剝いた。

「私のせいだって言うんですか」

湯浅は二本目の煙草に火をつけた。

「そうは言ってねえだろ。ただ、課長はお前以上に深手を負ったってことだよ。そこんとこよく考えて、もうグチグチ言うのはよせって言ってるんだ」

「違います」

瑞穂はテーブルに身を乗り出した。

「三浦さんがションボリしてたから。だから私、心配になって――」

「心配……？」

湯浅はまた鼻を鳴らした。

「聞いたぜ。お前、広報にいた時、鑑識に戻してくれって上に泣きついたらしいじゃないか」

あっ……。

「三浦を潰せば戻れる。お前の腹はそうなんじゃねえのか」

声も出なかった。

「それと、さっきの話だけどよ。お前みたいに写真見て描けるはずないだろうが。ホシはまだ捕まってないんだぜ」

何か言おうとして、だが、瑞穂は吹きつけられた煙に激しく噎せた。

湯浅は席を立ち、咳き込む瑞穂を冷たい目で見下ろした。

「この暑さでおかしくなっちまったんじゃないのか。少しばっかアタマ冷やしたほうがいいぜ」

5

夕方になっても気温は下がらなかった。昨日ほどではないにせよ、今夜もまたエアコンなしでは寝つけない夜になることを誰もが疑わずにいた。

午後六時――。仕事を終えた瑞穂はD市郊外に車を向けていた。

すっかり気持ちが萎えてしまって、まっすぐ寮に帰る気になれなかった。こんな時、そこが駆け込み寺でもあるかのように『がろう』が頭に浮かぶ。失踪騒ぎを起こした時もそうだった。あちこち街を彷徨ったが、最後は『がろう』に足を向けた。あの絵に会いたくなったからだ。今日もそうだ。あの絵を見たい。

県道は渋滞していた。市道と交差する信号の手前の角を折れて細い路地に車を乗り入れ、十字路を幾つかやり過ごし、用水路に架かる小さな橋を渡ると、黒ペンキで殴り書きされた『がろう』の看板が見えてくる。画廊ではない。古美術店だ。いや、ガラクタ屋と言ったほうが当たっているかもしれない。

「似顔絵婦警」を命じられて間もない頃だったから、もう三年近く前になる。婦警担当係長の七尾に、美味しいたこ焼き屋を見つけたと声を掛けられ、連れ立って迷い込んだのがこの路地だった。実際にはたこ焼き屋は一つ南の筋沿いにあったのだが、瑞穂は『がろう』の店頭のこぢんまりとしたショーウインドーに飾られていた油彩画に目をとめ、そこから動けなくなった。

『古井戸を覗き込む女』——。

その当時、休みが取れると、瑞穂は美術館や画廊によく足を運んだ。仕事に役立てたい。思い立った動機がそうだったから、もっぱら人物画を見て回っていた。絵画教室で絵の技術を学んでいたが、それだけでは飽き足らず、少し背伸びをして、絵の心のようなものを吸収したいと自分なりに心掛けていたのだ。方々に足を伸ばし、随分とたくさんの人物画を見てきたが、内外の著名な画家の作品を押し退(の)け、瑞穂の胸の真ん中にはいつだって『古井戸——』が飾られていたように思う。

「あれ……?」

車を降りた瑞穂は首を傾げた。

『がろう』のショーウインドーの定位置から『古井戸——』が消えていた。代わりに、山水画の掛け軸が下がっている。とうとう売れてしまったか。店主は、売り物ではない、気に入っているから自慢するために飾ってあるのだと、ひねくれた性格そのままの台詞を口にしていたのだが。

瑞穂は店に入った。慣れた身のこなしで壺(つぼ)や鎧(よろい)兜(かぶと)を避けながら、床から天井まで雑多な物品で溢(あふ)れ返った黴(かび)臭い迷路の奥に進んだ。

「おじさん――」

声を掛けると、一段高くなった畳敷きの茶の間で、二つ折りにした座布団からチョンマゲ頭の皺くちゃな顔が持ち上がった。傍らに焼酎のボトルと湯呑み。早々と一杯ひっかけ、寝ころがってテレビを見ていたようだ。

「ああ、あんたか。こっちにあるよ」

それだけ言うと、店主は平らになりたがる座布団をまたきちんと二つ折りにして側頭部でねじ伏せた。瑞穂が来る用は決まっている。

「お邪魔します」

瑞穂は靴を脱いで茶の間に上がった。店は古い民家の一階を改造したもので、ガラス戸を取り払った茶の間が、元あった場所にそのまま残されている。最初来た時は、その珍妙な場景に唖然としたものだ。

『古井戸――』は、茶の間の壁に立て掛けられてあった。

瑞穂は安堵の息をついた。

八十号の油彩画。大作である。だが、作者は誰なのか、いつ描かれたものか、店主すら知らない。

絵は、古井戸の底から上を見上げたアングルで描かれている。だから、キャンバスの大半の部分は黒やら紫やら茶やらを混ぜ合わせた救いのない暗黒色に塗り潰されている。上方に、小さな空がぽっかりと口を開けている。そして、その澄みきっているとは言いがたい微妙な色彩の青空をバックに、井戸を覗き込む若い女性の顔が描かれている。

瑞穂は瞬き(まばた)を忘れた。

絵の中の女性の顔がそうさせる。二十歳は過ぎているだろう。おそらくはモデルがいる。美しくも醜くもない、切れ長の目を持つうりざね顔……。

無表情。一見そう見える。だが、見つめるうち、その顔には夥しい(おびただ)数の表情の「前兆」が潜んでいることに気づかされる。女性の顔には、次の瞬間、他人が察知しうる何らかの感情が表出するに違いないと強く感じさせるのだ。喜びか、怒りか、戸惑いか、はたまた別の感情であるのか。それがわからない。古井戸を覗き込んでいる構図から作者の意図を透かして見るなら、畏れ(おそ)、あるいは好奇、そうした類(たぐい)の感情なのかもしれない。だが、そうだと決めつけることができない。見つめれば見つめるほど、その無表情には、ありとあらゆる感情の前触れが隠されているような気がして慄(りつ)

然(ぜん)とする。

ただ確信を持って言えるのは、絵の中の女性の心は既に動きだしているということだ。作者は、その動きだした感情が顔に変化を与える一瞬手前で女性の表情を凍結し、絵の中に永久に封じ込めたのだと思う。

だから、女性の無表情はどこまでも深く、生々しい。

化けの皮ってことだろう。店主は以前ボソリとそんなことを口にした。その鑑賞眼に瑞穂も深く頷いた。相反する二つの感情を、見る人間の胸に沸き立たせる。時には心の中に散在する幾つもの感情を同時に刺激して揺さぶる。見つめる側の人間の心を映す。試す。この絵には、そんな作者の企(たくら)みが潜んでいるのかもしれなかった。

見るたびにどっと疲れる。が、瑞穂はこの絵が好きでたまらない。謎の無表情。それは、瑞穂にとってのモナリザだ。

――暑い……。

瑞穂はハンカチで首の汗を拭(ぬぐ)った。茶の間には、おそらく売り物の一つに違いない、音ばかりうるさい骨董(こっとう)品のような扇風機が一台あるだけだ。

「ねえ、おじさん」

瑞穂は振り向いて声を掛けた。店主は、瑞穂が上がってきた時のまま、こちらに背を向けて寝ころんでいた。

「あ？　何？」

「絵、なんでこっちに移したんです？」

「売約済み」

「うそ」

瑞穂は膝をずらして体も店主に向けた。

「だって、おじさん、売らないって」

「三百万」

店主は背を向けたまま指を三本立てた。

「えっ……？　三百万円……！　誰が？」

「絵の女」

瑞穂は心臓を鷲摑みにされた気がした。

「まさか……ホントに？」

「作者の娘なんだと。もうオバンだけど」

ひと月ほど前に、篠原と名乗る五十過ぎの女が店を訪ねてきた。ショーウインドーの『古井戸――』を目にして、死んだ父が描いた絵に間違いない、是非譲って欲しい。そう言ったのだという。

「面影あったな。なんとなく」

「じゃあホントにこの絵のモデル……？」

「かもな」

「でも、三百万円だなんて。足もと見てひどいじゃないですか」

店主が肘で座布団を押さえつけながらこちらに顔を向けた。

「ホンモンかどうかわからんでしょ」

「えっ……？」

「ホンモンの娘だったら三百でも五百でも掻き集めてくるだろうな、ってさ」

元々いたずらっ子のような店主の瞳が、いつになく嬉しそうに輝いていた。

そういうことか、と思う。訪ねてきた女が真実作者の娘であるなら、店主はタダで絵を返そうと思っているのかもしれない。

いや、この絵の作者を突き止めたくて、身内の人間に返してあげたくて、だから、売る気もないのに何年もの間、ショーウインドーの中に飾っていた。瑞穂はそんな気がしてきた。

「ねえ、おじさん。その女の人にいろいろ聞いてみたんでしょ、絵のこと」

「いいや」

「何で？　おじさんだってずっと知りたかったんじゃないんですか」

「知っちゃうとつまらんもん」

気持ちがわからないでもない。おそらく、店主にとっても『古井戸――』はモナリザなのだ。絵に纏（まつ）わるあれこれを聞いてすべての謎が解けてしまったら、なーんだということにもなりかねない。

でも……。

瑞穂は知りたかった。この絵を描いたのはどんな人か。いつ、どんなふうにして描かれたのか。謎の無表情に隠されている感情は果たして何なのか。

驚いたことに、店主は、篠原と名乗ったその女の住所すら聞いていなかった。今度来たら絶対に知らせてほしい。瑞穂はくどいほど店主に念を押した。うん。うん。店主は瑞穂に背を向け、生返事を繰り返した。

瑞穂は膝を戻して、再び絵に向き合った。

作者の娘はどこに住んでいるかもわからない。もし遠くなら、ことによると、この絵を見るのは今日が最後になる。

胸に、潮が満ちてくるような感慨があった。

「似顔絵婦警」を命じられたからこそ出会うことができた絵だった。その職務を追われた今もなお、この絵に会いに来ている。

見つめていると、絵の中に吸い込まれそうな気がして、似顔絵のことなど、もうどうでもよく思えてくる。婦警の仕事もそうだ。なぜ、ああまで軽視されながら我慢を続けているのか。震える小羊のように縮こまり、声もなく、存在すらなく……。このままでいいのだろうか。後々振り返って今現在の自分に微笑みかけることができるだろうか。誰に強制されたわけでもない。自ら進んで婦警になった。なのに――。

湯浅次席の顔が脳裏に浮かんでいた。

瑞穂以上に森島課長は深手を負ったのだと言った。女は嫁に行けばいいが、男はそうはいかないのだ、と。

自分が鑑識課に戻りたくて、だから瑞穂が三浦真奈美を潰そうとしている。湯浅はそうも言った。

馬鹿らしい……。

似顔絵のことは二度と口にすまい。絵画教室も純粋に趣味だと考えればいい。いや、実際そうだ。絵を描いている時だけは、嫌なことも煩わしいこともすべて頭から消えてなくなる。夢中になれる。似顔絵のことを忘れてしまえば傷つくことだってない。そう、あの山の分校で過ごした日々のように幸せな気持ちでいられる。

でも……。やはり気になる。

真奈美の子鹿のような姿が網膜にちらつく。

外階段で見せた挑むような鋭い目……。俯きながらとぼとぼと中庭を歩く姿……。

私、平野先輩を励みに仕事をしてるんです――。

真奈美はそう言った。瑞穂と同じ道を歩き、瑞穂と同じように傷ついている。そう言ったのかもしれない。男が、自分の中の男をより際立たせようと競い合う警察社会。そうした男たちの誇りを傷つけないよう常に神経をピリピリさせながら、婦警は心の片隅で、自分たちもれっきとした組織の一員なのだと声なき声で叫び続けている。必死で戦っている。懸命に食い下がっている。ほんの少しでも弱気になれば、今すぐにでも振り落とされてしまう。知っている。手を放してこぼれ落ちてしまえば楽になれるのだ。瑞穂も、そして、きっと真奈美も……。

妬みはもう、心のどこにもなかった。

瑞穂は虚空を睨(にら)んだ。

奇跡的な似顔絵。きっと何か裏がある。上の思惑が絡んだからくりが……。

瑞穂の二の舞い。それだけは味わわせたくない。焦りに似た気持ちが胸に突き上げてくる。だが――。

わからない。どういう経過で、あの奇跡的な似顔絵が出来上がったのか。

イビキを耳にして瑞穂は振り向いた。

いや……。別の何かを聞いて振り向いたのかもしれなかった。

テレビ……？　そう、テレビだ。ニュースをやっている。

「あっ！」

瑞穂は大声を上げた。

テレビの画面に、真奈美の描いた似顔絵が映っていた。若い男の顔写真とともに！

犯人が捕まったのだ。

が、瑞穂が驚嘆したのはその事実に対してではなかった。

瓜二つだった。

写真と似顔絵が瓜二つ。妙な言い方には違いないが、しかし、その表現がズバリ言い当てていると思った。似ている、などといったレベルではないのだ。そっくりだ。写真と似顔絵は酷似している。ニュースキャスターもそのことを盛んに力説している。

瑞穂は目を見開いたまま、画面に釘付けになった。N駅の映像が流れている。キャスターが事件のあらましを喋っている。

犯人は二十三歳の砂田明。N駅から三百メートルほど東のアパートに独り暮らし。アマチュアロックバンドのボーカルをやっていて、親からの援助とフリーターで生計を立てていた。逮捕場所は都内のサウナだった。きっかけは、テレビで似顔絵を見た市民からの一一〇番通報。自供内容は——。

《砂田容疑者は、アパートに帰る『足』にしようと放置自転車の一台を舗道に引き出したところ、通り掛かった窪塚さんにぶつかり口論になった。高架下で揉み合ううちにカッとしてナイフを振るった、と供述しています》

瑞穂は意外な思いに打たれた。

放置自転車……？　引き出した……？

初耳だ。今朝の朝刊には載っていなかった情報だった。犯人を見た主婦の証言にも、道路の反対側から喧嘩を目撃した会社員の証言の中にも、事件のきっかけとなった自転車のことなど一切出てきていなかった。

まさか。

県警が情報を隠していた……？

瑞穂は瞬きを繰り返し、口の中でブツブツ呟き、やがて、何度目かの驚きの声を上げて弾かれたように立ち上がった。足元の夏掛けを震える手で店主の身体に掛け、『古井戸――』を見つめ、一つ頷いて店を飛び出した。車に乗り込み、勢いよくスタートさせた。

わかったのだ。奇跡的な似顔絵が描けた理由が。

## 6

午後七時半。D県警本部本庁舎一階。広報室――。

瑞穂が細くドアを開くと、南係長と音部主任の姿が目に入った。二人とも受話器を握っている。記者相手に話をしているようだ。

「そう。八時から記者室で会見をやります。まず一課が取り調べ状況の続きを少し話して、その後、鑑識の次席が似顔絵の件を詳しくレクします――えっ？　ああ、はいはい。もちろん、婦警本人も同席します。写真撮影もＯＫです」

思った通りだった。鑑識課は三浦真奈美を『お手柄婦警』に仕立て上げるつもりだ。

瑞穂は足音を殺して入室し、南に黙礼してデスクの上の記者発表資料を手にとった。内容を目で追う。ない。ここには書かれていない。だが、必ずあるはずだ――。

電話を切った南は、何だ？　と目で瑞穂に聞きながら、次の新聞社の番号をプッシュしはじめた。

瑞穂は早口で言った。

「係長。犯人の砂田に犯歴はないんですか」

「ああ。ツッコミのマエがあるとか言ってたな」

強姦（ごうかん）の前科――。翻訳した単語が瑞穂の脳を突き上げた。と、その時、背後でドアが開いた。

鑑識課の湯浅次席だった。八時からの会見の事前打ち合わせをするために顔を出したのだ。緩んでいた表情が、瑞穂を目にした途端、仏頂面へと変わった。

「何やってんだお前？」

「古巣ですから」

短く答えて、瑞穂は湯浅の背後を覗いた。真奈美はまだ来ていない。好都合だ。ソファに向かい合って座った。いや、煙草の煙を避けるために瑞穂は少し体を横にずらした。南と音部は電話中だ。話を聞かれる心配はなさそうだ。

瑞穂は小声で切り出した。

「次席――記者会見を取り止めてください」

湯浅は心底驚いたようだった。

「なんだと……？」

「三浦をお手柄婦警にしてしまったら、彼女、自分を責めて壊れてしまいます」

「お前、何を言ってるんだ？」

「私もそうでした。自分の職務を裏切って、写真を見て似顔絵を描いて……翌日の新聞にお手柄婦警って書かれている記事を読んだ時、死にたい気持ちになりました」

湯浅は指で耳をほじくる仕種をみせた。

瑞穂は頭を下げた。

「お願いします。三浦を私の二の舞いにしないでください」

湯浅は煙草に火をつけた。

「言ってる意味がわからんな。なぜ、三浦がお前の二の舞いなんだよ？」

瑞穂はキッと湯浅を睨んだ。

「指紋でわかっていたんでしょ？」

「あ？」

「ホシは放置自転車を舗道に引き出した。つまりハンドルやサドルを握ったということです。新聞には犯人の遺留品はなかったと書いてありましたが、でも、遺留指紋はあった」

湯浅は返事をしない。

「元の持ち主のものとか、指紋は複数検出されたでしょう。その一つから、強姦のマエがある砂田明が浮上した。強姦事件の時に所轄で撮影した被疑者写真をマル目の主婦に見せ、間違いなくこの男だという証言を得た。そして、その写真を三浦に渡してそっくりな似顔絵を描かせた——違いますか」

湯浅はだるそうに首を回した。

「知らんな」

「知らないはずないでしょう」

瑞穂が声を荒らげると、その顔に煙が吹きつけられた。

「そんな妄想みたいな話は知らないけどなあ、だがよ、もしそうだったとして、それがどうだって言うんだ？」

「だって……そんなやり方、卑怯(ひきょう)です」

「お前、ホントにサツ官か」

「えっ……？」

湯浅はテーブルに身を乗り出して指を組んだ。

「仮に、だ、お前の言ったような状況だったとしよう。舗道に自転車が倒れていた。ホシが引っ張りだしたものらしい。指紋からマエ持ちの砂田が浮かび、マル目に被疑者写真を見せたらそっくりだと証言した——だがよ、それだけじゃ指名手配をぶつわけにはいくまい？　全国に写真をバラ撒(ま)いちまっておいて、万が一、人違いだなんてことにでもなりゃあ大変だ。違うか」

「当たり前です。人権問題になります」

「だろ？　ところが、だ。似顔絵だったら、結果として、人違いだとわかってもまったく問題ねえ。名前を公表しているわけじゃないからな。世の中にはよく似た人がいるもんだ、ってことで済ませられるだろうが」

瑞穂は唇を噛みしめた。

「ずるい……」

「本気でそう思うんなら、とっととカイシャを辞めるこったな」

「な……」

瑞穂は粘つく唾を飲み下した。

「なぜです？」

「俺たちは悪党を縛るのが仕事だからだよ。縛るのに手段なんか選んでられるか？悪党を野放しにしときゃあ、連中はまた次のヤマを踏むだろうが」

「………」

「要するに、似顔絵は悪党を縛る道具の一つだってことだ。ノーマルな使い方もあれば、今回みたいに、限りなくクロに近い野郎に全国包囲網をかぶせるために使うって手も当然ありなんだよ」

ぐうの音も出ないと踏んだのだろう、湯浅は、写真を元に似顔絵を描かせたことを「自白」した。

「でも――」

瑞穂は抗した。

「やっぱり汚い手だと思います。それに、似顔絵を描いている人間の気持ちはどうなるんです？　みんな誇りを持ってやっているんです。なのに、写真を見て絵を描かされて、その上、警察のＰＲのためにお手柄婦警にさせられて――そんなのあんまりです」

湯浅は顔を逸らした。

「婦警は組織のおもちゃじゃないんです。道具じゃないんです。心があるし、だから傷つくし……」

声が詰まった。今にも涙が溢れてきそうだった。

湯浅は顔を戻し、ニヤリと笑った。

「婦警のみんながみんな、お前みたいに甘ちゃんじゃないだろうよ」

言い返そうとした時、ドアのほうに軽快な靴音がした。

真奈美が入室してきた。嬉しそうな、それでいて、どこか怯えているような表情……。

瑞穂は小走りで駆け寄った。

隣の記者室に行っていたのだろう、音部が外からドアを開いた。

「各社待ってますんで。そろそろお願いします」

よっしゃ、と湯浅が立ち上がった。

瑞穂は、真奈美の手を握り、耳打ちした。

「行っちゃだめ。絶対後悔するから」

真奈美は弾くように手を振り解き、瑞穂を見つめた。

あの目だった。挑むような、あの時と同じ目――。

次の瞬間、真奈美は破顔した。

「先輩――ひょっとして、妬いてるとか？」

「馬鹿」

「何か誤解してるみたいですけど、なんにもやましくないですから」

「えっ……?」

「私、写真なんか見て描いたんじゃありません」

## 7

やはりぼんやりしていたのだろう。『なんでも相談テレホン』の専用電話が鳴っているのに気づかず、隣の席の井田カヨ子に取らせてしまった。

瑞穂は、受話器を耳に当てたカヨ子に、口の動きで「すみません」と告げた。「いいよいいよ」の気さくな手が返ってくる。瑞穂と同じ電話相談員だが、歳(とし)はカヨ子のほうがひと回りも上だ。その大先輩に、午後一番の相談電話を押しつける結果になってしまった。

瑞穂は小さく溜(た)め息をついた。

『お手柄婦警』の記事が新聞に掲載されて今日で三日。三浦真奈美は何も言ってこなかった。きっと寮の部屋を訪ねてくるだろうと思い、同室の林純子に断って、夜は部屋のドアの鍵を掛けずにいた。個室のドアも開けたままにしておいたが、一階の真奈美が階段を上がってくる気配はなかった。いいオトコの夜這い(よばい)でも待ってるわけ？純子には毎晩からかわれている。

頭の中がモヤモヤする。深い霧が立ち込めている感じだ。

私、写真なんか見て描いたんじゃありません――。

あの真奈美の言葉は何だったのだろうか。

湯浅はちゃんと白状した。県警は逮捕する前から砂田明の写真を持っていたのだ。その写真を真奈美に渡し、そっくりな似顔絵を描くよう命じた。なのに、真奈美はそうしなかったというのか。

ありえない。たった数秒の目撃による証言。そして、真奈美のデッサン力……。不可能だ。写真を見ずに、あの奇跡的な似顔絵は描きえない。

真奈美は瑞穂に嘘をついたのだ。そういうことだ。

犯罪者を捕まえるためならどんな手段を使ってもいい。警察組織のPRのためには嘘だって平気でつく。真奈美も湯浅と同じ考えだということか。

先輩――ひょっとして、妬いてるとか？

心配するだけ無駄。そうなのかもしれない。真奈美は傷ついたりしなかった。むしろ、『お手柄婦警』になれたことを喜んだ。そうだとするなら、ひとり気を揉んでいる瑞穂はまるっきりピエロではないか。

——もう、よそう。

脳裏にはまだ真奈美の姿があった。俯きながらとぼとぼと中庭を……。

瑞穂はハッとして顔を上げた。

電話が鳴っている。前の相談を終えたばかりのカヨ子が手を伸ばしていた。すんでのところで瑞穂は受話器をさらった。

「はい。なんでも相談テレホンです」

〈ああ、俺、俺——〉

『がろう』の店主からだった。篠原と名乗った例の女が、今夜、店に来るのだという。

それからは、午後が長かった。

仕事を終えると、瑞穂は大急ぎで『がろう』に向かった。六時丁度に着いた。店に駆け込むと、五十年配の女が一人、落ちつかない様子で茶の間にいた。

篠原房子。『古井戸を覗き込む女』の作者の一人娘だという。店主の言った通りだった。うりざね顔。切れ長の目。確かに面影がある。絵の中の女性が普通に歳を重ねた結果が、目の前にいるこの房子だと聞かされれば、十人が十人頷くだろう。

あろうことか、その房子に店番を任せ、店主は飲みに出掛けてしまったという。逃げたのだ。『古井戸――』の秘密を知るのが嫌で。あるいは怖くて。

「どうしましょう。お金も受け取っていただけなかったんです」

「いいんだと思いますよ。おじさんもこの絵が大好きでしたし、お返ししたいと言っていましたから」

照れ屋の店主が言えなかったであろうことを、瑞穂は代弁した。

「それより……」

瑞穂は壁に立て掛けられた『古井戸――』に顔を向けた。

房子は問わず語りで様々な話を聞かせてくれた。

作者は房子の父、倉田章三。日本のあちこちを旅して絵を描いていたらしい。誰に師事するでもなく、弟子をとるでもなく、ただ黙々と売れない絵を描き続け、死ぬまで貧乏暮らしを続けたという。正式に結婚したことはなく、しかし、房子の母とは五十年近く生活を共にした。そして、五年前、七十八歳でこの世を去った。

流浪の画家の生涯に思いを馳せ、瑞穂はしばし感慨に耽った。

「ずっと旅をしながら……」

「ええ」

聞きたいことが山とある。

「この絵はいつごろ描かれたんでしょう？」

「もう四十年も前です」

瑞穂は首を傾げた。

頭の中で引き算をしていた。房子は五十は過ぎているが、どう見ても六十に近いとは思えない。だとするなら、絵が描かれた当時、房子は十代の半ば……。しかし、絵の中の女性はもう少し大人っぽく、二十歳過ぎに見えるのだ。

「あの、失礼ですが、この絵のモデル……」

房子は笑いだした。

「ああ、私じゃないんですよ」

「えっ？　それじゃあ……？」

房子は目を遠くした。

「父の母なんです」

「えっ……？」

「つまり、私の祖母です」

そこまで説明されて、ようやく瑞穂の頭は回転した。

「倉田章三さんのお母さん……」

「ええ。そうです」

瑞穂は得心した。要するに、房子は「おばあちゃん似」なのだ。

「父は捨てられたそうです」

唐突に房子が言った。

「祖母は十七で父を産んで、その五年後に好きな男と逃げたんだそうです」

瑞穂は声をなくした。

「だから、この絵は父が五歳の時の記憶なんです」

瑞穂はゆっくりと首を回し、怯えた瞳で絵を見た。

五歳の子供を残して家を出て行こうとしている母親の顔――。

瑞穂は全身が震えていた。

「でも……でも……この女の人の表情……」

「ええ。実に様々に感じとれます。きっと父は――」

房子は澄んだ目で絵を見た。

「母は憎くて自分を捨てたんじゃない。そう思いたくて、女性の顔にすべての感情を与えようとしたのだと思います」

「………」

「自分は暗く深い井戸の底に突き落とされた。でも、父はただ母親を憎むだけでなく、恋しいとも思っていた。その気持ちを絵に託したのかもしれません。晩年、父はこう言っていました――人物画は、作者とモデルの心の繋がりがないと、ただの人体描写になってしまうんだ、と」

店主がしこたま酔って戻ったのをきっかけに『がろう』を出た。

瑞穂は車で県道を走っていた。

言葉の数々が頭の中をぐるぐる回っていた。憎しみ……愛情……人物画……心の繋がり……人体描写……。

不意に、鈍器で殴られたような衝撃を受けた。

奇跡的な似顔絵――。

急ブレーキを踏んでいた。後ろに車がいたら確実に追突されていたろう。

瑞穂はハンドルに額を押しつけていた。炎天下のグラウンドを何周も走った後のように、熱を持った荒い息が何度も何度も喉を通過していった。

8

なぜだろう。どうしてこんなことをしているのだろう。

頭が重い。吐き気もする。本心を言えば、こんなところにいたくない。今すぐベッドにもぐり込み、布団をかぶって寝てしまいたい。なのに……。

瑞穂は、灯の落ちた女子寮の食堂で、三浦真奈美と向き合って座っていた。

言わねばならないと思ったのだ、今日中に。

「事件の前から、砂田明のことを知っていたのね……」

真奈美は、クスッと笑って頷いた。

なぜ気づかなかったのだろう。絵画教室で会った時、真奈美は言ったのだ。

私、去年までN町の交番にいたんですよ――。

そして、砂田はN駅から三百メートル東のアパートに住んでいた。

「次席から写真渡されたんですけど、ほとんど見ないでスラスラ描けました。なにしろ、私がいた頃、砂田はほとんど毎日、交番の前を通ってましたから」

「……それだけ？」

瑞穂が聞くと、真奈美の顔色が変わった。視線を遠くの一点に据え、唇を噛み、何かに立ち向かおうとするかのような表情を見せた。

あの似顔絵は凄かった。上手いだけでなく、迫力があり、そして生々しかった。技術の問題ではなかったのだ。紛うことなく、あの似顔絵は「人物画」だった。作者とモデルの心が繋がった作品に違いなかった。だからこそ、瑞穂は「奇跡」とまで思ったのだ。

真奈美が目を戻した。笑おうとしている。

「私、ロックとか好きで、よくライブハウスなんかも行くんです――いけません？婦警がライブハウスに出入りしちゃ」

「ううん。構わないと思う」

「ですよね。それで、交番にいる時、砂田にチケットもらったりしたんです。彼らのバンド、あと少しでプロになれそうって感じで、だから、ほら、そういうのって応援したくなるじゃないですか」

「うん。わかる」

「楽屋とかにも入れてくれて、私、婦警のほう全然ダメだから、楽器とか勉強してみようかなとか思ったりもしたんです。でも……」

真奈美は目を伏せた。

瑞穂は体が強張(こわば)るのを感じた。砂田の前科は強姦なのだ。

「ある日、交番に砂田から電話があって、友達が駐車違反でキップ切られたから何とかしてくれって。そんなことできないって答えたら、彼、すごく怒りだして」

彼……。

「ものすごくひどいこと言われて……。役立たず、とか、こういう時のためにキープしといてやったんじゃないか、とか、メス……とか……」

「やめよう、もう」

瑞穂は遮った。

「夜遅くにごめんね――あなたが写真を見て描いたんじゃないってわかって、少しホッとした。実を言うとね、私、前にやっちゃったんだ。それで、ひどいことになったから」

「知ってます」

「知ってたの?」

「ええ」

「だから、ちょっと心配だっただけ。さ、明日もあるから寝よう」

もう限界だった。首で支えられないほどに頭が重い。思考も感情もダウンしかかっていた。

おやすみを交わし、歩きだした瑞穂の背に声が掛かった。

「私、前に言いましたっけ? 平野先輩のこと励みに仕事してる、って」

振り向かなくても声でわかった。あの挑むような目――。

「先輩のこと、いい気味だって思ってたんです。優しくて頑張り屋で仕事もできて、なのに、上の人達にひどい目にあわされて、ちっとも頑張れなくさせられて」

「どうしてそんなこと言うの……?」

瑞穂は振り向いて言った。声が震えた。

「だって、人間ってそうじゃないですか。頑張ってる人を見て勇気をもらうとか言うけど、そんなの嘘で、ホントは、頑張ってない人とか、頑張りたいのに頑張れない人とか見て、ああ、よかったって安心したり、ざまあみろって思ったり、そういうの励みに生きてるじゃないですか」

「三浦さん……」

「私、今度また写真渡されたら、それ見て描きますよ。そんなの全然平気です」

「どうして？　捜査に必要だから？」

「違います。だって……だって私……」

挑む瞳が涙の底に沈んでいた。

「私、ダメ婦警だから。交通も補導も似顔絵も、何をやってもダメだから。平野先輩みたいにできないんです。顔の汗を見て、車を置いてきたってわかっちゃうとか、そういうの、憎らしくてしょうがないんです！　私、平野先輩みたいな人、見るのも嫌なんです！」

真奈美は走って食堂を出ていった。

こんな日だったからよかったのかもしれない。そうでなければ、瑞穂も泣いていた。
二階に上がり、忍び足で部屋に入った。林純子の個室から微かに灯が漏れている。
まだ起きているのだろうか。
瑞穂は自分の個室に入り、倒れ込むようにベッドに転がった。
灯を消した。
寝つかれなかった。体も頭もこんなに疲れているというのに。
あの似顔絵が脳裏を過る。
砂田に対する憎悪が描かせた。
それだけだろうか。
彼……。
真奈美と砂田の間にはいったい何があったのだろう?
愛情が描かせた……。
真奈美は苦しんだ。だからあの日、中庭をとぼとぼと……。
——馬鹿……。
もう真奈美のことなんか忘れよう。

眠れなかった。

あんなことを言われて眠れるはずがなかった。きっと、そう、言ったほうだって……。

しばらくして、瑞穂はベッドを抜け出した。

部屋の鍵を外した。

ベッドに戻って目を閉じた。

その目を開いたのはどれぐらいしてからだったろう。枕元の目覚ましは午前零時を指していた。

小さなノックの音がしたドアに、瑞穂は声を掛けた。

「開いてるよ」

# 共犯者

## 1

街はすっかり秋めいていた。

車載の共通系無線は、窃盗被害の一一〇番内容を告げていた。外を行き交う人の耳に届かないよう音量はぎりぎりまで絞ってある。国道沿いにあるコンビニの駐車場。その一番奥の目立たない場所に車をとめてから、まもなく一時間が経とうとしていた。

平野瑞穂は、運転席で背筋を伸ばし、慣れない手つきで一眼レフのカメラを構えていた。三十センチほども突き出た望遠レンズが手に余る。ファインダーの中央には、濃いめ薄緑色の制服を着た若い女の姿をとらえていた。手ブレがおさまってみると、濃いめの化粧や欠伸をかみ殺している表情までが見て取れた。カメラを少し左に流す。同じ制服を纏った女が視野に入った。こちらは雛人形を連想させるあっさり顔――。

「な、左のほうがいいだろ？　スレてなくってよ」

助手席の音部主任が待ちかねたように言った。

「ええ、まあ……」

「お前と同じぐらいだよな。二十三、四ってとこだろ」

「……かもしれないですね」

曖昧に答えて、瑞穂はファインダーから目を外した。途端に視界は、片側二車線の国道を隔てた『かすみ銀行増淵支店』の全景に切り替わる。

「貸してみろ」

音部が奪うようにカメラを取り戻した。

「ん……やっぱり左だな……。胸も結構でかいし」

それってセクハラです。いまどきのＯＬならピシャリと言うのかもしれないが、瑞穂は声を無視して腕時計に目を落とした。

午前九時五十三分。間もなく「決行」の時間だ。

「主任、客はどうです？」

音部は預金係の女に未練を残しつつカメラを動かした。

「三人……。いや、いま一人出る」

「じゃあ、あとの二人が出たらゴーサインを出していいですか」

「ああ、そうしてくれ」

瑞穂は、ショルダーバッグの中から携帯電話を取り出した。客が途切れたタイミングを見計らって「強盗犯人」に決行の指示を与える――。

瑞穂が婦警になる少し前まで、銀行強盗の通報訓練は、防犯運動期間中のアトラクションの域を出なかったと聞く。あらかじめ報道陣を銀行の店内に集めておいて、そこへ強面（こわもて）の刑事扮（ふん）する強盗犯人が包丁片手に「金を出せ！」と押し入る。犯人と行員のやり取りは芝居掛かっていて真剣みに欠け、訓練中にクスクス笑いだす女子行員もいたという話だ。

今は違う。大半の訓練は、まるっきりの抜き打ちだ。今日これから支店が強盗に襲われることを知らされているのは、支店長ただ一人。ほかの十三人の行員にしてみれば、まさしく、「本物の強盗」が押し入ってくることになる。警察と金融機関は定期的に会合をもち、強盗対策もマニュアル化されているが、それが実際に機能するかどうか、本番さながらの訓練で試されるのだ。

同じことは警察サイドにも言える。刑事部の幹部と限られた少数のスタッフを除き、今日の訓練実施は伝えられていない。ここ増淵町を管轄するS署はもとより、機動捜査隊や自動車警邏(けいら)隊の面々は、まっさらの状態から捜査を立ち上げ、上から「本気で逃げろ」と厳命されている犯人を捜し、追い詰め、手錠を掛けねばならない。

遊び半分で訓練をやっていられる治安情勢ではなくなったということだろう。マスコミ各社にも事前連絡は回していない。代わりに広報室の音部が「押し入る強盗犯人」の写真をおさえ、夕方、訓練結果の発表文とともに各社に配付する段取りだ。

――ああ、もう早く出てきてよ。

瑞穂はやきもきしていた。訓練開始予定の午前十時を回ったが、二人の客はまだ銀行から出てこない。携帯を握る手が汗ばんでいる。訓練とはいえ、自分が掛ける電話を合図に何百人からの警察官が一斉に動きだすかと思うと、ひどく落ちつかない気分にさせられる。

「おっ、揃(そろ)って出るぞ」

音部の声から一拍あって、支店の自動ドアが開いた。若い背広……。続いて、商店主とおぼしき中年の男が足早に歩道に出てきた。

「呼びます」

瑞穂は携帯の短縮番号をプッシュしようとして、が、手元に落とした目線を上げた。網膜の残像がそうさせた。人。老人だ。支店から十メートルほど右手、ブティックが軒を並べる横長のビルの前の歩道に、杖(つえ)を手にした老人がこちらに向いて立っていた。

「どうした？　早く掛けろよ」

「危ないですよ、あのお爺(じい)ちゃん」

言いながら、瑞穂はもう運転席のドアを押し開いていた。訓練が始まれば支店前の歩道は大騒ぎになる。犯行を終えた「犯人」が老人のいる方向に逃げでもすれば、追跡劇の混乱に巻き込まれる危険だってある。

瑞穂は歩行者用信号を渡り、支店の前を小走りで通過して歩道の老人に声を掛けた。

「あの、すみません」

大きな鷲鼻(わしばな)が瑞穂に向いた。

「なんだい？」

声も眼光もしっかりしていて、遠目よりかなり若く見えた。おそらく七十を幾つもでていない。だが、杖の使い方で、右足を庇っているのはわかる。その足元はサンダル履きだった。ここ数日めっきり朝晩の気温が下がり、だから老人の青白い素足は寒々と目に映った。

瑞穂はきちんと腰を折って言った。

「大変申し訳ないんですが、よろしかったら場所を移動していただけないでしょうか」

「あ？」

「あと少しすると、ここでちょっとした警察の訓練が始まるんです。万一のことがあるといけないと思いまして」

「警察だと……？」

老人は露骨に嫌な顔をして、睨むように瑞穂を上から下まで見た。

「あんたも警察の人間なのか」

「ええ、そうです」

瑞穂はショルダーバッグから警察手帳を取り出した。表紙を捲り、所属を記した恒久用紙第一葉を見せる。

「本部捜査一課の平野瑞穂です」

老人は、瑞穂の顔写真に目を落としたが、フンと鼻を鳴らしてそっぽを向き、旅館だかホテルだかのマッチを取り出して煙草に火をつけた。

「年寄りは邪魔だから家に引っ込んでろっていうわけか」

「あっ、違います。そんなふうに聞こえたのなら謝ります。でも、そうじゃなくて──」

「ああ、わかったわかった、年寄りは退散する。だがな──」

老人は苛立った様子で煙草の煙を吐き出した。

「警察の顔を立てるつもりは毛頭ないぞ」

「はい……？」

「俺は俺の考えで場所を移るってことだ。いいな」

「ええ、もちろん、それで結構です。そうしていただけると助かります」

話すうち、支店に新たな客が入っていくのが見えた。車中の音部は舌打ちを連発しているに違いない。

老人はゆっくりと立ち去って行った。

その背を見送ると、瑞穂は車には向かわず、さらに十メートルほど歩道を走った。バス停の近くに、赤ん坊を抱いた若い母親を見つけたからだ。

「バスに乗るんですか」

「いえ……違いますけど」

切れ長の細い目が瑞穂に向いた。やや下膨れ（しもぶく）で起伏に乏しい顔。それを補うかのように化粧はきつかった。前髪に金色のメッシュを入れ、タートルネックの白いシャツにジーンズ地のオーバーオール。耳にはピンク色のピアスが光っていた。まだ二十歳前ではないだろうか。ともかく、母親と呼ぶにはあまりに年若い女だった。

「乗らないのなら移動していただけませんか」

瑞穂は、老人にしたのと同じ説明を口にした。母親は素直に従った。むずかっていた赤ん坊が、去り際に大きな丸い目で不思議そうに瑞穂を見つめた。

車に戻ると十時十八分だった。予想通りの不機嫌な顔と声が待っていた。

「おい、訓練をオジャンにする気かよ」

「すみません」

瑞穂は弾む息を懸命に呑(の)み込んだ。携帯を握り、支店に目をやる。

それから一分も待たなかった。支店の自動ドアが開き、太った中年の女が気ぜわしく出てきた。

「今だ、やれ」

音部の命令で、瑞穂は携帯の短縮番号を押した。

〈はい――こちら斉藤〉

「平野です。決行して下さい」

〈了解〉

電話が切れたのと、ビルの死角から二人の男が姿を現したのがほぼ同時だった。長く待たされ、彼らもさぞや痺(しび)れを切らしていたことだろう。

音部は車を下りて望遠レンズのカメラを構えた。連写のシャッター音が響く中、「二人組の強盗犯人」は瞬く間に支店の内部に吸い込まれていった。

訓練決行。午前十時二十分――。

# 2

二人組の男は風のように素早かった。

フルフェイスのヘルメットを被った男が、店内に駆け込んだ勢いのままカウンターの上に飛び乗った。風防ガラスはスモークで顔は見えない。右手に、銃身を短く切り詰めた猟銃。それを激しく左右に振って叫んだ。

「両手を上げるんだ！　ボタンは押すな！」

女子行員の悲鳴が重なった。

「黙れ！　死にたいのか！」

サングラスとマスクで顔を隠した片割れの男は、カウンターを乗り越え、手にしていたビニール袋の液体を業務フロアのど真ん中にぶちまけた。そして、ジッポーのライターを頭上にかざし、親指で蓋を開いて着火して見せた。

「黒焦げ死体になりたくないなら言うことを聞け！」

脅しは完璧だった。支店内には、警察直通の非常通報ボタンが行員の数より多く存在していたが、誰一人としてそれを押せた者はいなかった。

サングラスの男が、奥の支店長デスクに黒いバッグを叩きつけた。

「金だ！　ありったけ詰め込ませろ！」

支店長が、出納係の男子行員に、言うことを聞くよう告げた。サングラスがその男子行員の背を突いて出納機のところまで連れていき、上から両肩を押して椅子に座らせた。

店内は凍りついていた。

テラー係と呼ばれる、カウンターの女子行員は二人して体をガクガクと震わせ、顔も目も伏せていた。眼前のカウンターの上にフルフェイスの男が仁王立ちしている。

二人は「犯人の身長を記憶する担当」だが、それは果たせそうになかった。

テラー係の背後、預金事務係の女子行員はパニックに陥った頭で、それでも、「服装を記憶する担当」を全うしようと懸命だった。上目遣いにフルフェイスの男を盗み見る。黒いジーパン……グレーのカーディガン……赤いラインの入った運動靴……。

もう一人の「服装担当」は、預金役席と呼ばれる支店長代理だった。目だけを動かし、サングラスの男を視界に入れた。濃紺のスラックス……黒色のポロシャツ……。

「顔を記憶する担当」「髪形を記憶する担当」「年齢を記憶する担当」は、それぞれ融資係の行員に振り分けられていたが、役割を果たせたのは「髪形担当」だけだった。サングラス男の頭髪はオールバック……。

「追跡担当」と「カラーボールを犯人に投げつける担当」である男子行員数名の出番は当分訪れそうになかった。頭の中で犯人を追うイメージを描きつつ、しかし、誰もが実際に足が動くかどうか自信を持てずにいた。

バッグが現金で埋まると、フルフェイスの男が声を張り上げた。

「よーし、全員、床に伏せろ！」

支店長がそうするよう促し、行員たちが床に腹這い（はらば）になった。嫌でも撒（ま）かれた液体への恐怖が身近になる。女子行員の何人かが泣きだした。

「いいかあ、よく聞け！　百数えるまで動くんじゃねえぞ！」

サングラスの男が、ジッポーの蓋をカシャン、カシャンと鳴らした。

「忘れるなよ、誰かが動いたら、全員が丸焼けになるんだぞ！」

# 3

自動ドアが開き、「二人組の強盗犯人」が支店を飛び出した。音部が望遠で連写しながら叫ぶ。

「ほら、逃げちまうぞ！　早く追え！」

支店から若い行員が三人飛び出した。長身の一人がカラーボールを握っている。

「あいつだ、高畑だ！　よし、甲子園三回戦の腕を見せてみろ！」

二人組がビルの角を曲がり掛けた時、ダイナミックなフォームから矢のようなストレートが繰り出された。コースはやや逸れてビルの壁に擦るように当たった。途端、ボールは弾け、オレンジの蛍光色が飛び散って後方の男のズボンをしこたま汚した。

「結果オーライだ！」

「すごい！　あれなら捕まりますね！」

瑞穂も興奮していた。

支店内では非常ボタンも押されたようだ。車載無線が「事件」の第一報を発した。

〈訓練訓練、D本部から各局！　強盗事件発生！　場所、S市増淵町三の三の四、かすみ銀行増淵支店！　犯人は二人組！　現在、現場から東方に向け徒歩で逃走中！　犯人の人着にあっては現在入電中！　追って知らせる――〉

通信指令課の佐山係長の声だ。あらかじめ今日の防犯訓練を知らされていた数少ないスタッフの一人である。

にわかに無線が賑(にぎ)やかになった。

〈訓練訓練、S署了解！〉

〈訓練訓練、機捜隊了解！〉

〈訓練訓練、警邏隊了解！〉

「さーて、来るぞ」

言うが早いか、遠くにサイレンの音が聞こえた。そこに別のサイレンが二重、三重に被(かぶ)って、街の空気は騒然となった。

真っ先に到着したのは、警邏隊のパトカーだった。無線に誇らしげな声が流れる。

〈訓練訓練、警邏15、現着！〉

一番乗りを奪われたS署のパトカーが破れかぶれに突っ込んでくる。さらに、そのすぐ後ろに機捜隊の覆面パトが二台――。

　支店長だろうか、ロマンスグレーの苦み走った中年男が店の前で捜査員に囲まれた。交番の制服がバイクで駆けつけ、黄色い規制線が張られる。鑑識のワゴン車も到着し、機材を抱えた係員が支店に駆け込んでいく。警察犬が二頭、歩道の臭(にお)いを嗅(か)ぎ始めた。捜査車両は数珠(じゅず)つなぎだ。赤灯。サイレン。無線交信。飛び交う怒声。周辺の歩道は、野次馬も押しかけてごった返した。

「正解だったかもな」

　音部がぽつりと言った。

「何がです？」

「爺さんと赤ん坊だよ。どけといてよかったな」

　瑞穂がにっこり笑った、その時だった。

〈なにィ……？〉

　流暢(りゅうちょう)に無線をさばいていた佐山係長が、妙な声を発した。

　瑞穂と音部は顔を見合わせた。

　数瞬の後、佐山の声が無線に戻った。

〈D本部から各局！　増淵町地内の防犯訓練は現時点をもって中止する！〉

「えっ……？」

すぐさま佐山の張り詰めた声。

〈至急至急、D本部から各局！　強盗事件発生！　場所、S市北川町二の五の八、かすみ銀行北川支店！〉

至急報……？　北川支店……？

応答する無線はなかった。

瑞穂と音部は、呆気（あっけ）に取られた互いの顔を映し合っていた。が、次の瞬間、佐山の絶叫が耳をつんざいた。

〈本件は訓練に非（あら）ず！〉

「うそ」

思わず瑞穂は呟（つぶや）いた。

〈至急至急、D本部から各局！　繰り返す！　本件は訓練に非ず！〉

各局が一斉に目覚めた。

〈S署、了解！〉

〈機捜隊、了解！〉

〈警邏隊、了解！　現場へ急行します！〉

「お、おい、平野。行くぞ、俺たちも！」

「は、はい……！」

瑞穂は慌ててエンジンキーを捻った。

〈至急至急、Ｄ本部から各局！　犯人は二人組！　支店内にガソリンを撒き、現金約三千万円を奪って逃走中！〉

同じＳ署管内の、同じ『かすみ銀行』が襲われた。しかも、同時刻に――。

瑞穂は狐につままれた思いでハンドルを回した。支店の前の国道では、急発進した機捜隊の覆面パトが、Ｕターンしようとした警邏隊の白黒パトの横腹に激突し、殺気立った罵声が飛び交っていた。

映画の一シーンのような目の前の光景が瑞穂の脳を激しく揺さぶった。

偶然ではない……？

思った刹那、戦慄が体を駆け抜けた。

犯人が警察の混乱を狙った？

県西部に配備されている捜査車両のすべてが、今ここに集結しているといっても過言ではない。同じS署管内ではあるが、増淵町はS市の南端。一方の北川町は文字通り北の外れだ。

「どんなに急いでも、ここから二十分は掛かるな」

同じことを考えていたのだろう。音部が唸（うな）るように言った。

犯人は、増淵支店で今日、防犯訓練が行われることを知っていた。知っていて、その時間帯、捜査車両が一台も存在しない北川町の支店を狙った――。

警察を嘲笑（あざわら）う犯行。

――冗談はよして。

戦慄は、怒りと悔しさに形を変えて、瑞穂の胸を覆い尽くしていた。

## 4

D県警本部本庁舎五階。捜査第一課『犯罪被害者支援対策室』――。

瑞穂が本来の勤務場所に戻ったのは、午後二時を回っていた。入室してすぐ、室長代理の田丸に呼ばれた。

「ご苦労さん。とんでもない訓練になっちまったみたいだな」

電話相談員の瑞穂が防犯訓練のスタッフに指名されたのは、一応は捜査一課所属であることと、ここに配属される前、広報室に在籍していたからだ。捜査一課長に命じられた通り、「一課の応援に行きます」とだけ告げて増淵町に赴いたが、この騒ぎになって、田丸の耳にも瑞穂が訓練に参加していた話が入ったのだろう。

「ホシの……さっぱりらしいな」

「はい？」

すぐ前のデスクで相談員の井田カヨ子が電話中だから、田丸の声は聞き取れないほど小さい。

瑞穂はパイプ椅子に座り、田丸と膝（ひざ）を詰めた。

「なんですか」

「ホシの足取りはさっぱりだって？」

「ああ、ええ。そうみたいです」

犯人の思惑（おもわく）通りということだろう。「訓練」が「本物」の捜査を遅らせた。北川文店に犯人が押し入ったのは、増淵支店の訓練が開始された五分後だった。悔しいが、絶妙のタイミングと言っていい。訓練に集結した捜査車両が北川支店に到着した時には、現場周辺に犯人の影すら残っていなかった。

「プロ」を想起させる犯行手口だった。警察が考えた「訓練」に酷似しているのだ。犯人は、支店長以下、十五人の行員に、ガソリンを撒いた床に伏せろと命じた。そうさせられた行員たちの恐怖は察するに余りある。一人が動いたら連帯責任で全員を焼き殺す。犯人はそんな脅し文句も口にしたらしい。行員たちは金縛り状態に陥った。犯人が支店から出たと感じた後も、すぐに起き上がれた者はいなかった。だから、犯人の逃走方向も、逃走手段もいまだもってわかっていない。

皮肉なことに、訓練とはまったく正反対の結果が出てしまったということだ。誰もすぐには非常通報ボタンを押せなかった。「カラーボールを犯人に投げつける担当」はボールを手にすることさえ忘れていたという。判明しているのは、二人組の服装と、片方の男の頭髪だけだ。遺留品はガソリンが詰められていたビニール袋の一点のみ。全国のスーパーや日曜大工ショップで大量に販売されているものだから、販路追及など望むべくもない状況だ。

いずれにしても、犯人は、今日の訓練を知っていて犯行に及んだ。そう思えてならない。

「支店長を攻めてるみたいだな」

田丸が押し殺した声で言った。

瑞穂は深く頷いた。

警察は当然そうする。車中、音部主任とも話したことだ。訓練の日時を知っていたのは、増淵支店の支店長だけなのだ。名は、相澤とか言った。自分が属する銀行を賊に襲撃させる人間がいるとも思えないが、しかし、その相澤支店長がうっかり誰かに訓練の日時を漏らしていた可能性は大いにある。

「支店の中に不倫相手がいるらしいとか言ってたぞ」

「えっ……？　そうなんですか」

それは初耳だった。

「前々から噂があったんだと。支店長は相当な遊び人だったたっていうしな」

田丸はかなり熱心に情報収集をしていたようだった。

瑞穂は自分のデスクについた。

　相澤支店長……。ロマンスグレーの苦み走った顔が脳裏に浮かんでいた。確かに、銀行員としてはどこか崩れた感じのする男ではあった。同じ支店にいる不倫相手になら、事前にこっそり訓練のことを教えていても不思議はない。ひょっとして、その不倫相手の女が犯人に情報を――。

　思考は中断された。目の前の内線電話が鳴りだしたのだ。

〈監察課の海老沢だ。至急、地下の別室に来てくれ〉

　驚く間もなく電話が切れた。

　監察課……？　いったい何の用だろう。

　瑞穂は微かな不安を胸に階段を下りた。

　本庁舎地下一階。細く薄暗い廊下の一番奥に『監察課別室』のプレートがあった。中に入るのは初めてだ。背筋を伸ばし、胸を張った。自己点検は既に済ませていた。警察官として疚しいことは何一つしていない。

　瑞穂がノックすると、低い声で応答があった。ドアを押し開く。

「失礼します」

　自分の声が微かに震えたのがわかった。

五坪ほどの狭苦しい部屋。スチール机と、向かい合わせに置かれた二脚のパイプ椅子。それは取調室の光景にあまりによく似ていた。

ドア側の椅子に腰掛けていた海老沢監察官が振り向いた。

「座りたまえ」

「はい……」

海老沢は銀縁眼鏡の奥から、ジッと瑞穂を見つめた。冷やかな目だ。

「聞きたいのは朝の防犯訓練のことだ」

瑞穂は悟った。自分もまた、相澤支店長と同じ立場に立たされているのだ。

「君は訓練の日時をいつ知った？」

「はい。一昨日午後、捜査一課長から知らされました」

「他言無用。そう言われたな？」

「はい」

「そこで聞く。君は訓練の日時を事前に誰かに話したか」

「いえ、誰にも話していません」

きっぱりと言って、だが、瑞穂は目を見開いた。突如として蘇った記憶が、顔から血の気を奪っていく。

寮で同室の林純子に話した。いや、話したかもしれない――。

海老沢が狼狽を見逃すはずもなかった。

「どうした？」

「…………」

「言いたまえ」

「……すみません。同室の者に話したかもしれません」

「……かもしれない？」

瑞穂は蒼白の顔で頷いた。

ゆうべ遅く、純子が瑞穂の個室をノックして声を掛けてきた。明日、お昼一緒に食べない？　瑞穂はもうベッドに入っていた。明日はダメ、訓練があるから。確か、そう答えた。

「強盗の訓練」とは言わなかった。「増淵町」や「銀行」といった単語も口にした記憶がない。だが、言っていないと断言できる自信もなかった。その時、瑞穂はひどく眠かった。頭ではなく、口先だけで返事をしていたように思う。

「はっきりした記憶がないということは、喋った可能性もあるということだな？」

「はい……」

海老沢は書類にペンを走らせた。

「他には誰かに話さなかったか」

「他には……」

慎重になった瑞穂は、否定形の言葉をいったん呑み込み、懸命に記憶を辿った。ふっとコンビニ店長の顔が浮かんだ。こういうのも話したほうがいいのだろうか。

「あの……今朝、駐車場使用の許可をもらう際に、コンビニの店長に話しました」

「どう話した？」

「これからこの近くで警察がちょっとした訓練を行う——それだけです」

海老沢は無言でメモをとった。

「あ、それから——事故防止のため、民間人二人に訓練が行われることを告げました。支店の近くの歩道にいた老人と、赤ん坊を抱いた母親の二名です」

海老沢は関心を示さなかった。訓練直前に情報を得たのでは実行犯の二人組と謀議ができない。そう判断したのだろう。

が、瑞穂は何か重要なことを発見したような思いにとらわれていた。

実行犯……。謀議……。

声が出そうになった。

実行犯の二人組の他に共犯者がいた――。

そうなのかもしれない。いや、そう考えないと辻褄が合わないのだ。

訓練開始の予定時間は午前十時だった。相澤支店長も警察の訓練スタッフもそう知らされていた。だが、その時間、支店内に客が二人いた。さらに老人と母親を移動させるのに時間をとられ、結局、訓練決行は十時二十分にずれ込んだ。偶然そうなったのだ。

だが、増淵町で偶然決定された訓練開始の五分後に北川支店は襲われた。なぜ犯人は「絶妙のタイミング」を知り得たのか。仮に、犯人があらかじめ入手した訓練の日時の情報だけを頼りに犯行計画を立てたのだとしたら、「本物」が「訓練」よりも早い時間に発生していたはずなのだ。

つまり――。

誰かが、訓練決行の瞬間を実行犯の二人組に知らせたということだ。

それができたのは、増淵支店の近くにいた人間だけだ。犯人役の刑事が支店に入ったのを見届けて、おそらくは携帯電話で二人組に知らせた。無論、実行犯の二人組は北川支店の近くで待機していた。そして、共犯者から連絡を受けた五分後に支店を襲ったのだ。

瑞穂は改めて震撼（しんかん）した。

近くにいたのだ。あの時、瑞穂の近くに強盗事件の共犯者が。

すぐさま、鷲鼻の老人が浮かんだ。

ただの頑固者には思えなかった。ひどく警察を嫌っているふうだった。

若い母親の顔が取って代わった。

バスに乗る用もないのに、なぜバス停の付近をウロウロしていたのか。

いや、瑞穂の目にとまったのが、たまたまその二人だったというだけのことだ。あの時間帯、何十人もの人間が支店前の歩道を行き交った。連絡役の共犯者はその中の一人だったかもしれないし、車やビルの中から支店を監視していたことも考えられる。やる気になれば、支店内部の人間だって連絡は可能だったろう。刑事が押し入った瞬間、非常通報ボタンを押す代わりに、机の下で携帯の短縮ボタンをプッシュすれば事は足りるのだ。

瑞穂は小さな決心をして海老沢を見た。　犯人は最低でも三人組。　その「発見」を申告しようと思ったのだ。

が、一瞬早く海老沢の薄い唇が動いた。

「現在、付き合っている人はいるのか」

「えっ……？」

虚を突かれたが、いつもの癖で、瑞穂は顔の緊張を弛めた。男関係を尋ねられた時に決まって浮かべる誤魔化しの笑み。

しかし、海老沢の目に遊びはなかった。

「何が可笑しい。答えたまえ。付き合っている男はいるのか」

瑞穂は全身を固くした。

「いません」

「過去には？」

耳を疑った。

「なぜ、そんな……？」

「君の人間関係を把握する必要がある。過去に遡ってな」

「答えなくてはいけませんか」

　唇が震えた。

「答えたくなくば答えなくていい」

　抑揚なく言って、海老沢は手元の書類に目を落とした。

「被害者支援対策室の前は広報室……。その前は鑑識課だったな？」

「そうです」

「機動鑑識班に所属し、事件被害者や目撃者から聴取して犯人の似顔絵を描いていた」

「そうです」

「当時鑑識課長だった森島光男に似顔絵の描き直しを命じられ、これを不服として失踪騒ぎを起こしたうえ、半年間の休職――間違いないか」

「……はい」

　瑞穂は唇を嚙んだ。

　真実は、描き直しではなく、改ざんだった。監察官なら当然知っているはずだ。

海老沢は顔を上げた。

「君は警察が好きか」

瑞穂は息を呑んだ。

ずるい質問だと思った。改ざん事件の話のすぐ後にその質問をしたことがずるかった。

「答えたまえ。君は警察が好きか、嫌いか、どっちだ？」

「私は……」

今にも悔し涙が溢れそうだった。

「婦人警官の職務に誇りをもっています」

「答えになっていないな」

「………」

「まあいい。では最後の質問だ」

海老沢の声と目はどこまでも冷たかった。

「君は、今回の強盗事件に一切かかわっていないと誓えるか」

## 5

午後七時――。

瑞穂は女子寮の自室のベッドに腰掛けていた。肩を落とし、うなだれていた。自然と息が乱れる。胸に嘔吐感がある。夕食には箸すらつけられなかった。

組織に対する忠誠心を疑われた。いや、似顔絵改ざんの一件以来、ずっと疑われていたということだ。

あれが海老沢の仕事なのだ。

そう思ってみるが、呑み込むことができない。

怪しい者ばかりでなく、刑事があらゆる人間を疑うように、監察官は、すべての警察官を疑うことが仕事なのだ。

頭ではわかっていても、やはり、呑み込むことなどできない。

体は、まだ震えていた。

しかし、瑞穂は自分のことばかりを考えているわけにはいかなかった。

遅い……。

同室の純子がまだ戻っていない。おそらくは瑞穂と同様に海老沢の調べを受けた。瑞穂が彼女の名前を口にしたからだ。純子もまた、男のことをしつこく聞かれたに違いない。

それが心配だった。

純子には付き合っている男がいる。交通機動隊でパトカーに乗務している深井という巡査部長だ。二人は結婚まで考えている。

純子が部屋に戻ったのは八時を回っていた。音もなく入ってきたが、瑞穂は個室のドアを開け放っていたから、すぐに気づいて声を掛けた。純子は憔悴（しょうすい）しきっていた。交通企画課のマスコット的存在。誰もが可愛いと口にするそのアイドル顔が、見るも無残なほど歪（ゆが）んでいた。

「ごめんね、純子」

瑞穂が言うと、純子は瑞穂の胸にしなだれかかり、堰（せき）を切ったように泣きだした。

「ひどい……。ひどすぎるよ……」

やはり、純子も海老沢の取り調べを受けていた。

「あたし、瑞穂から訓練があるって聞いたけど、でも、それだけだよ。どんな訓練だとか、どこで何時からやるとか、あたし、なんにも知らなかった……。海老沢警視にちゃんとそう言ったのに……」

純子は声を詰まらせた。

「なのに……彼まで取り調べを受けたの」

瑞穂は思わず天井を仰いだ。

「海老沢警視、あたしと彼が付き合ってること知ってたの。あたしから訓練のことを聞いてないか、しつこく聞かれたって。聞いてないって答えたのに信じてくれなくて。彼、ひどいことになっちゃったの。犯人扱いみたいなことされて」

悲痛な声だった。

運が悪かったのだ。深井は今日が非番だった。海老沢から犯行時間帯のアリバイ提示を求められて返答に窮した。午前中、一人で競輪に行っていたのだ。その場でアリバイが証明できなかったうえに、夕方の再調べでギャンブル通いをしていることまで告白する羽目に陥った。調べから解放された後、待ち合わせの喫茶店に現れた深井は、出世は期待しないでくれと力なく純子に言ったという。

瑞穂は、話に打ちのめされていた。

「ねえ、違うよね」

しゃくりあげながら、純子は瑞穂の瞳を探った。

「あたしと彼のこと言いつけたの、瑞穂じゃないよね？」

もう信じてはもらえない。そう思いながら瑞穂は精一杯言葉に力をこめた。

「誰にも言ってないよ。誓ってもいい」

純子は目を伏せた。

「あたし、怖くなった……。警察がすごく怖くなった。もう婦警なんか辞めたい……」

慰める言葉も励ます言葉も出てこなかった。瑞穂はただ謝った。何度も。

またひとしきり泣いて、純子は自分の個室に引き揚げていった。眠りたい。そう言い残して瑞穂の胸から離れていった。

一人になって、瑞穂も泣いた。

自らの迂闊（うかつ）さを呪（のろ）った。

なぜ監察官の前で純子の名を口にしてしまったのか。

警察官だからだ。

警察官が嘘をついてはいけないからだ。

だが、瑞穂のひと言が、結果として深井の経歴に傷をつけてしまった。それがどれほど罪深いことか警察官ならわかる。そしてなにより、今回のことで純子と深井の仲が壊れるようなことがあったら、それこそ取り返しがつかない。

犯人が憎かった。

犯罪とはこういうものなのだ。直接の被害者だけでなく、思いも寄らないところにまで不幸の波紋を広げ、多くの大切なものを踏みにじる。人を泣かせ、人を傷つけ、人の一生を狂わせる。犯人は知らない。おのれが撒き散らした毒も棘も生涯知ることなく、のうのうと日々過ごすのだ。

捕まえたい。

瑞穂は両腕で自分の体をきつく抱きしめた。

よもや捜査一課は深井を疑ったりはすまい。だが、監察課は違う。犯人が挙がるまで、深井に対する嫌疑を解かないだろう。この手で事件を解決し、深井の潔白を証明したい。純子の笑顔を取り戻してあげたい。せめてもの罪滅ぼし。瑞穂の胸は痛いほど昂（たかぶ）った。

しかし、どうすれば自分は捜査に貢献できるだろう。今の仕事は犯罪被害者からの電話相談を受ける内勤職だ。捜査の現場からあまりに遠い場所にいる。似顔絵を描くことなら誰にも負けない自信があるが、その技を発揮する舞台を与えられていない。ならば、情報提供か。犯人が三人である可能性が高いことを捜査本部に知らせることから始めるか。

瑞穂は小さく息を吐いた。

捜査本部には捜査一課の精鋭が乗り込んでいる。そんなことはとっくに誰かが気づいているに違いない。瑞穂がのこのこ話をしに行っても笑われるだけだ。

それに……。

海老沢の冷やかな視線が網膜から消えずにいた。組織は瑞穂を疎（うと）んじている。忠誠心を疑っている。いま瑞穂が置かれている立場は、深井とそう大差はないのだ。

だったら、いったい何をすれば……。

焦（あせ）りが募り、途方に暮れかけた時だった。壁の内線電話が鳴って、寮母が外線からだと告げた。

〈遅くにごめん。大変だったね〉

婦警担当係長の七尾からだった。

〈監察を受けたって本当？〉

「ええ……」

〈きつかった？〉

「ひどいこと、たくさん言われました……。失踪や休職のことまで持ち出されて……」

〈気にしちゃ駄目よ。弱気になったらもっと付け込まれるからね〉

「わかってます。でも……」

縋る気持ちがなかったと言えば嘘になる。瑞穂は夢中になって今日一日の出来事を七尾に話した。ほとんど愚痴だった。いくら話しても心が晴れることはなかった。それでも、聞いてくれる人がいるといないでは天地の差なのだと改めて思った。七尾が電話をくれなかったら、いったいどんな気持ちで長い夜を過ごしたろう。

強盗事件の話もした。純子と深井のことは伏せたが、どうしても事件を解決したいのだと七尾に熱っぽく語った。だからといって、アドバイスを期待したわけではない。

七尾との会話の中から、事件解決に結びつくヒントが得られようなどとは夢にも思っていなかった。

〈だけど、妙ね〉

「何がです？」

〈バス停の近くにいたその若いお母さんよ。ピアスをしてたっていうんでしょ？〉

「ええ」

〈イヤリングならともかく、赤ちゃんを抱っこする母親はピアスなんかつけないものよ。刺さったら危ないから〉

## 6

翌日。瑞穂は午前中、電話相談の仕事をこなし、昼休みに入ってすぐ、車で県警本部を出た。

出掛けに、室長代理の田丸が、聞き集めた捜査情報を瑞穂に耳打ちしてくれた。

「支店長は女子行員と何人もデキてたらしいぞ。けど、支店長は頑強に否定してるんだと。なんでも、女房が先代の頭取の娘で、不倫なんかがバレたら銀行から追い出されちまうって話だ。それとな、捜査本部は、かすみ銀行に恨みを持っている人間もかなり洗ってる。やっぱり、訓練も本物も両方かすみ銀行だったことが引っ掛かってるんだな」

道はすいていた。

瑞穂の頭には、ゆうべ寝ずに考えた仮説があった。

まず第一に、バス停にいた若い女は、赤ん坊の母親ではないということだ。七尾が指摘したピアスの話が、抱っこしていたから母子に違いないという思い込みを覆す突破口になった。

ピアスだけではない。きつい化粧。タートルネックのシャツにジーンズ地のオーバーオール。前髪に入れた金色のメッシュ。彼女を目にした時、瑞穂は、母親と呼ぶにはあまりに若い女だと思った。無論、十代の母親は世の中に幾らもいる。だから、年齢や服装だけのことではないのだ。きっと赤ん坊の抱き方や、母子の間になら当たり前に存在する引力のようなものが希薄だったから、瑞穂の脳は、女の若さに違和感を覚えたのだ。

　記憶の中に新たな発見もあった。過去に数多くの似顔絵を描いてきたせいだろう、瑞穂は、意識せずとも、出会った人間の顔の特徴を瞬時に探す。やや下膨れで起伏に乏しい女の顔。その女の切れ長の細い目。去り際に赤ん坊が見せた大きな丸い目とは似ても似つかなかった。目だけではない。脳裏で幾らクロスさせても、二つの顔に、重なり合う何物も見いだせなかった。父親似。そうなのかもしれない。だが、否定材料はもはや雑音でしかなく、走り出した推理の思考を妨げなかった。

　疑心が膨らむ。

　母子ではない。そうだとするなら、あの若い女はなぜ他人の赤ん坊を抱いて街にいたのか。

　決まっている。赤ちゃん連れの母親。それこそが、他者に対して、最も警戒心を与えない存在だからだ。そう踏んだうえで、赤ん坊を小道具として使ったのだ。街の風景の中で自分の存在が浮き上がることがないように。

　瑞穂はハンドルを切って、交差点を右折した。そのまま県道を少し走れば、正面に『運転免許センター』の建物が見えてくる。

朝までに、瑞穂の思考の線はさらに伸びた。

「赤ちゃん連れ」を装ったあの女が強盗の共犯者。その第一の仮説が、第二の仮説の土台になった。目が細く、やや下膨れで起伏に乏しい女の顔。それを何度も頭に浮かべているうちに気づいたことだった。赤ん坊とは重なることのなかったその顔に、ぴたり重なる別の顔があったのだ。

雛人形を連想させるあっさり顔——。

音部主任がご執心だった、あの増淵支店のカウンターに座っていた預金係の女である。

二人は似ていた。鼻と口元の記憶はあやふやだが、目元ははっきり覚えている。「切れ長の細い目」は「雛人形の目」と同意語だと言ってもいい。なにより、下膨れの輪郭や、純和風とでも言うべきのっぺりとした顔全体の印象がよく似ていた。姉妹。従姉妹（いとこ）。血縁者。二人の関係はきっとそのどれかに当てはまる。他人の空似。よくあることだ。しかし、ここでも否定材料は力を持たなかった。なぜなら、二人の女に接点があると仮定することで、事件の線が無理なく繋（つな）がるからだ。

訓練の日時を知った相澤支店長が、不倫相手である預金係の「雛人形」に情報を漏らし、その情報が身近にいる「下膨れ」に伝わった――。

犯人の組み合わせは様々考えられる。「雛人形」と「下膨れ」はグルなのかもしれないし、例えば相澤支店長が「雛人形」に送ったメールを「下膨れ」が盗み見たのかもしれない。無論、相澤支店長も含め全員がグルという可能性だって捨てきれない。

いずれにせよ、三人の真ん中に位置する「雛人形」が事件のキーパーソンだろう。

その「雛人形」の苗字が「遠藤」であることは今朝知った。広報室に寄って、音部主任に昨日の防犯訓練の写真を見せてもらったのだ。案の定、音部は彼女のアップの写真を何枚も撮っていた。その中の一枚、制服の胸にあった名札から、「遠藤」の二文字が読み取れた。

室長代理の田丸の話によれば、相澤支店長は複数の女子行員と関係していたらしいが、瑞穂は、今現在の不倫相手は「遠藤」に間違いないと踏んでいた。訓練中の写真を一枚残らず点検してみてそう確信した。強盗役の刑事が押し入った後も、写真で見るかぎり、「遠藤」が取り乱したふうはない。他の行員に比べて表情の変化が明らかに少ないのだ。訓練を知っていたから。支店長に聞かされていたから。そうであるなら頷ける。

「遠藤」を調べたい。瑞穂の本心はそうだった。真実、支店長と不倫関係にあるのか。妹はいるか。従姉妹はどうか。

だが、それは許されない。「遠藤」を調べるのは捜査本部の仕事だ。

ならば――。

赤ちゃん連れの母親を装っていた「下膨れ」を調べよう。瑞穂はそう決意していた。捜査本部とは逆の方向から事件にアプローチするのだ。まず「下膨れ」の身元を割り、そして、「遠藤」や増淵支店との繋がりを調べるのだ。トンネルを両側から掘り進むのに似ている。中央で瑞穂と捜査本部が出会えればいい。それは、犯人の早期検挙と、純子と深井の顔に笑顔が戻ることを意味する。

瑞穂は軽くブレーキを踏み、『運転免許センター』の駐車場に車を滑り込ませた。

「下膨れ」の身元を割る。決意に揺るぎはなかったが、一方で、瑞穂は恐怖心と懸命に闘っていた。

森島光男に会わねばならない。瑞穂に似顔絵の改ざんを命じた、あの獣のような男に。

# 7

一階フロアは、免許の更新に訪れた大勢の人間が列をなしていた。

瑞穂は階段で二階に上がった。上がってすぐ右手のドアが『運転免許課』の入口だ。

島流し――ここへの異動をそう呼ぶ人間は少なくない。県警本部に属する課でありながら、本部庁舎から遠く離れた場所に置かれているせいだ。実際には疎外されているわけでもなんでもなく、ただ免許に関する業務を行う都合上、このセンターに入っているだけなのだが、しかし、そんな理屈に頷く警察職員は一人として存在しない。

瑞穂は一つ深呼吸をしてドアを押し開いた。

部屋の一番奥、課長席のデスクに森島光男のブルドッグ顔があった。

一瞬にして竦(すく)んだ足を、意志の力で前に振りだした。森島はまだ瑞穂の入室に気づいていない。俯(うつむ)き加減にデスクの書類に目を落としている。

その森島の顔が上がるのが怖かった。

だから女は使えねえ――。

似顔絵改ざんを拒否した時の、森島のひと言が痛みを伴って胸に蘇っていた。

それだけではない。

改めて思い知る。本能的に森島を恐れているのだ。猛々しく、それでいて、呆れるほどの小心さを併せ持つ獣染みた男。その始末におえない獣性こそが男の本質ではないかという疑心が瑞穂にはあって、だから、森島の存在は、男そのものに対する潜在的な嫌悪と恐怖心を煽り立てるのだと思う。

森島と目が合った。似顔絵改ざんの一件以来の対面だった。

「よう」

森島の表情に、一瞬笑みが差した気がして瑞穂は当惑した。

「ご無沙汰しています」

森島は顎でパイプ椅子を勧めた。

「何の用だ?」

真正面から見据えられた。

瑞穂は乾ききった喉から言葉を絞り出した。

「お願いがあって参りました」

「お願い？　お前が俺に？」

喧嘩両成敗。改ざんの一件で、瑞穂と森島はともに古巣の鑑識課を追われた。「限りなく降格に近い横滑り」。森島の異動はそう囁かれていた。

「言ってみろ。何でも叶えてやる。ただし、俺の部下に戻りたいっていうのは除いてだ」

言葉とは裏腹に、森島の表情には険がなかった。

脅えが引いていくのを感じていた。目の前にいる森島は、以前のようにギラギラとしたところがなかった。ボサボサの頭がそう見せているのかもしれない。トレードマークだったポマードはやめてしまったのか。

瑞穂は奇妙な苛立ちを覚えた。森島は出世コースを外れて腐ってしまったのだろうか。どろんとした瞳。精気のない表情。階段を登ることを諦めた男の顔とはこういうものなのか。

憎悪の対象に肩透かしを食わされた。相手が闘いの舞台から勝手に下りてしまった。奇妙な苛立ちの正体はそんなところにあるのかもしれなかった。

「どうした？　言ってみろ」

瑞穂は我に返った思いで背筋を伸ばした。

森島の目を見て言う。

「免許の写真を調べたいんです」

「免許を調べる……？」

運転免許証の写真で、赤ん坊を抱いていた「下膨れ」の身元を割る。朝方思いついたことだった。ここD県は電車やバスの便が悪く、だから男女の別なく高校卒業時に車の免許を取得するのが常識化している。写真を探し出す時間と労力さえ厭わなければ、かなりの確率で目的の人間に辿り着くはずだ。「下膨れ」の似顔絵を描き、増淵支店の周辺を聞き込みして歩くことも考えた。そのほうが早く身元が判明するかもしれないが、「下膨れ」がもし未成年であった場合、後で問題になる危険性があった。

やはり免許証写真で当たるしかない。現状では、それが最良の策に思える。

「実は私、昨日の防犯訓練に参加していたんです」

瑞穂は森島に経緯を話した。自分が目撃した「下膨れ」の身元を割りたいのだと正直に告げた。

「馬鹿も休み休み言え。免許を持ってる人間なんざ、百五十万からいるんだぞ」

「女性はその半分です」

「七十五万を一人で見るのかよ」

「その十分の一に絞れます。私が見た女は二十歳前でした。まだ一回も免許を更新していない人間から調べ始めて――」

「もういい」

森島が遮った。

「どのみちお前の勝手にはさせねえ」

「なぜです？」

「お前とかかわり合ってりゃあ、今度は地獄の底辺りに飛ばされそうだからな」

本音に聞こえた。

「やらせて下さい。お願いします。どうしてもやりたいんです」

森島はそっぽを向いた。

「上を通せ」

「立場上できません」

「だったら諦めるんだな」

引くわけにはいかない。脳裏には純子の泣き顔がある。

「お願いします。やらせて下さい」

「帰れ。こう見えても俺は忙しいんだ」

泣き落としが通用する相手ではないことは最初からわかっていた。

言いなさい。自分に命じ、瑞穂は身を乗り出した。課員に聞かれぬよう声を殺す。

「課長——取り引きをさせて下さい」

森島はぎょっとした顔を瑞穂に向けた。

「お前……何が言いたい……?」

「もし、免許の写真がきっかけで事件が解決したら、課長の発案で写真を調べたと上に報告します」

森島の表情に一瞬笑みが差した。

入室してきた瑞穂に向けたのと同じ笑みだった。

その笑みの正体がわかった気がした。懐かしかったのだ、元部下の顔に「本部」を見たのだ。そして今、森島は再び本部庁舎に思いを馳せた——。

長く感じたが、それは数秒のことだったに違いない。

森島は課員の一人を呼びつけ、瑞穂を顎で指した。

「こいつに端末の使い方を教えてやれ」

## 8

瑞穂は連日、『運転免許センター』に通った。昼間の仕事を終えると急いでセンターに駆けつけ、毎日三時間、端末機の前に座った。写真、写真、そしてまた写真……。

七日目だった。

いったん休憩をとり、充血した目に目薬を落として再び端末に向かった。マウスを動かしてすぐ、画面の写真に釘付け（くぎづ）けになった。

見つけた。

切れ長の細い目。やや下膨れの起伏に乏しい顔――。

間違いない。この顔だ。

とうとう見つけた。

湧き上がる喜びを捩（ね）じ伏せ、瑞穂は祈る思いで「下膨れ」の名前を見た。

笠原麻美――。

瑞穂は首を垂れた。

苗字は「遠藤」ではなかった。二人が姉妹であるという仮説はあらかた崩れた。

瑞穂はしばらくぼんやりと「笠原麻美」の顔写真を見つめていた。一週間の疲労がまとめて肩と目に押し寄せていた。バッグから「遠藤」の写真を取り出し、画面の横に置いた。二つの顔を見比べる。やはりよく似ている。だが、鼻や耳の形はかなり違う。口元は近い感じだが……。

瑞穂は腕時計に目を落とした。午後八時を回ったところだ。

――行ってみよう。

瑞穂は自分を急き立てた。「遠藤」は独身だとわかっているが、「笠原麻美」は既婚者なのかもしれない。従姉妹。はとこ。可能性はいろいろある。

外は薄ら寒かった。

瑞穂は県道に車を走らせた。免許証に記載されていた住所は、訓練をやった増淵町からそう遠くない。ここからは車で三十分ほどの距離だ。

強盗事件の捜査は進展していない。いや、室長代理の田丸がここ数日、話すネタに困っているからそう思うだけだ。捜査本部の内情は窺い知れない。漏れ聞こえた情報と言えば、相澤支店長が現在「遠藤」と不倫関係にあることを白状したということぐらいだ。瑞穂が睨んだ通りだった。相澤と「遠藤」は繋がった。あとは「遠藤」と共犯者――。

九時前に目的のアパートに到着した。

二階。205号室。瑞穂は少なからず落胆した。表札は出ていないから、女の独り暮らしということだろう。やはり独身か。

チャイムを鳴らすと、ややあって、足音が玄関に近づいた。ドアチェーンをつけたままドアが細く開き、脳裏で見飽きた下膨れの顔が覗いた。今日のピアスもピンク色だった。

「夜分すみません。警察の者です」

瑞穂は表紙を捲った警察手帳を控えめに差し出した。

途端、笠原麻美は、あっ、と声を上げて瑞穂の顔を見た。

「あの時の婦警さん！」

記憶力がいいと即断はできない。市民にとって警察官との接触は、それがいかに些細なことであっても特別な出来事に違いないのだ。

「あの、ちょっとお話聞かせてもらっていいですか」

「あ、どうぞどうぞ」

麻美は警戒するでもなく瑞穂を部屋に招き入れた。その屈託のなさは、またしても瑞穂を落胆させた。麻美には犯罪者特有の匂いも翳もなかった。

メルヘンの世界にでも迷い込んだような気がした。一間だけの部屋は、一面ピンク色に染まっていた。

一応は部屋の中を見回した。赤ん坊はいない。

「わあ、あたし、小さいときから婦警さんに憧れてたんですゥ」

麻美が好意的な理由の一つにそれがあるらしかった。なぜ自分のところに婦警が会いに来たのか。そうした疑問すら感じていない様子だ。

瑞穂は、差し出されたピンク色の座布団に座った。落ちつかない気分だ。

「じゃあ、聞かせて下さい。あの日、増淵支店の近くにいた人みんなに話を聞いてるの」

瑞穂は少しだけ言葉を崩した。免許証に記された生年月日で、麻美が二十歳になったばかりだと知っていた。

麻美はよく喋った。三人姉妹の末っ子で、一昨年、高校を卒業し、憧れていた独り暮らしを始めた。フリーターをやっているが、親にも少し援助してもらっている。そう言って舌をペロッと出した。

瑞穂は話の核心に麻美を誘った。

「あの日、なぜあそこにいたの？」

「あ、ですからバイトです」

アルバイト……？

「時々、保母さんのバイトやるんです。忙しいと電話が掛かってきて」

その答えは、瑞穂の頭にあった次の質問の回答をも兼ねていた。あの時、なぜ赤ちゃんを抱いていたのか。

麻美の話は明快だった。増淵支店の裏の通りのビルに、二十四時間営業の無認可保育所があるのだという。あの日、麻美は応援を頼まれて保育所に出向いた。どうしても泣き止まない赤ん坊がいたので、外の空気を吸わせようと思って街に連れ出した。本当はそうしながらウインドーショッピングを楽しんでいた。増淵支店の横には洒落(しゃれ)

たブティックが何軒も並んでいるから――。

　瑞穂はもう質問を持っていなかった。

　いや……。

「笠原さん――あなた、かすみ銀行増淵支店の遠藤さんて女の人知ってる？」

「はあ？」

　瑞穂は腰を上げた。

「ピアスは危ないからよしたほうがいいよ。アルバイトだって、ちゃんとした仕事なんだから」

　そう言い残すのが精一杯だった。

　瑞穂は疲れ果てていた。門限ぎりぎりに女子寮に戻り、ベッドにダイブした。

　仮説は霧散した。

　もう瑞穂にやれることはない。

　純子の個室から灯が漏れている。あの日から、あまり口をきいていない。ランチの誘いも途絶えている。

　自分にできること……。

瑞穂は回らない頭を叱咤した。

捜査本部は、相澤支店長と「遠藤」の線を結んだ。だが、トンネルの逆側から掘り進んだ瑞穂は「下膨れ」が笠原麻美であることまでは突き止めたが、「遠藤」との線を繋ぐことができなかった。「遠藤」は麻美とではなく、別の誰かと繋がっているのだ。

鷲鼻の老人が浮かんだ。

脳が勝手に消去法を試みたのだ。麻美が消えてしまえば、瑞穂の手札には鷲鼻の老人しか残っていない。

瑞穂は寝返りを打った。

まったく見当違いの方向に思考を伸ばしていたのかもしれないとも思う。

「遠藤」が外の誰かと繋がっているとは限らない。訓練の情報を外に漏らしたのは、相澤支店長かもしれないし、もっといえば、音部主任や通信指令課の佐山係長だって漏洩はできた。共犯者の候補ならごまんといる。あの時、増淵支店の周辺にいた何十、何百もの人間がすべて容疑者だ。「遠藤」が携帯の短縮ボタンを押したっていい。

いや……。

そもそも、共犯者など本当に存在したのだろうか。あの訓練と本物の強盗との間に、真実、繋がりはあったのか。

まったくの偶然。世の中にはそうしたことがままある。二人組は自分たちで企てた計画を実行しただけだった。増淵町で訓練があることなど露知らず、たまたまあの時間に北川支店に押し入った。そうした可能性だって否定できない。「絶妙のタイミング」に魅入られて穿ちすぎたのかもしれない。姉妹とまで思った「遠藤」と麻美には血縁すらなかった。他人の空似。そうした偶然が実際にあることを、瑞穂はたったいま学習したばかりだった。

捜査本部の頑張りに期待するしかない。諦め半分に思いながら、瑞穂は部屋の灯を落とした。

脳膜にはまだ鷲鼻の老人がいた。

もういい……。

だが、極度に疲労した脳は、その命令すら出せないようだった。

耳には麻美の声があった。ペラペラと喋って、眠りに落ちたがる瑞穂を引き戻す。

赤ちゃんが泣き止まなくて……街に連れ出して……ホントはブティックを覗きたくて

……。

瑞穂は目を開いた。つぶっていた時と同じ闇の中にいた。

そうだった。あの時、鷲鼻の老人はブティックの前に……。

## 9

次の日曜日。瑞穂は増淵町にいた。

一枚の似顔絵を手に、支店を中心に円を描くようにして商店を歩いて回った。あの日、気温が下がったにもかかわらず、鷲鼻の老人はサンダル履きだった。住まいはさほど遠くないだろうと踏んでいた。

決定的なネタを摑んだわけではない。新たに浮かんだ老人に対する疑念は、「気掛かり」と言った程度のもので、例の消去法の域を出ていなかった。デートの約束もなく寮の部屋で塞ぎ込んでいる純子を見ているのが辛かった。外出を決意した理由とすれば、そちらのほうが大きかったかもしれない。

似顔絵の出来栄えには自信があった。案の定、三時間ほど歩くうち、私鉄の駅に近い牛乳販売店で、「石田さんに似ている」という証言を得た。

石田栄治の「自宅」は、駅裏の線路沿いにあった。連れ込み旅館とラブホテルがひしめき合う一角だった。

『旅館イシダ』——瑞穂は顔を赤らめて門をくぐった。

帳場とおぼしき小窓の前で声を掛けると、すぐにその小窓が開き、大きな鷲鼻が覗いた。

瑞穂の顔を覚えていたようだった。

「ああ、あんたか。警察ならもう来たぞ」

ぶっきらぼうに言って、石田はぴしゃりと小窓を閉めた。瑞穂は慌てて窓を開き、中に首を突っ込んだ。八畳ほどの広さ。石田は忌(い)ま忌(い)ましそうに振り向いた。

「教えて下さい。なぜ警察が来たんです?」

瑞穂が早口で言うと、石田は数秒考えてから小窓の脇のドアを開けた。

「入れ」

粗末な座卓が一つ。万年床らしき布団が一組。あとはテレビと雑誌とカップめんの残骸(ざんがい)……。

座布団も勧めず、石田は言った。

「刑事は、かすみ銀行のスケベどもの話を聞きにきたんだよ」

瑞穂は仰天した。

「まさか、それって――」

直観的に、相澤支店長と「遠藤」のことだと思った。

「歳の離れた二人の写真を見せて、来てないかって言うから、ああ、いつも二人で来てると言ってやった。男のほうは白髪頭でよく覚えてたからな」

やっぱり……！

二人はこの旅館で逢引していたのだ。

相澤支店長と「遠藤」が完全に繋がり、そして、その二人と、あの日支店の前にいた「老人」が思いがけない形で繋がった。

「で、あんたは何を聞きに来たんだ？」

瑞穂は顔を上げた。用意していた言葉を言う。

「あなたがブティックの前にいた訳を知りたくて来ました」

老人は眉間に皺を寄せた。

「どういう意味だ？　わかるように言え」

「私、あの時、イライラしながらお客さんが支店から出てくるのを待ってたんです」

ようやく客が外に姿を現し、瑞穂は携帯電話に視線を落とした。が、網膜の残像に老人を見て、顔を上げた。老人は——石田はブティックが軒を並べる横長のビルの前の歩道に立っていた。思い返すと不思議でならない。手元に視線を落とす直前まで、瑞穂はずっと支店のほうを見つめていたのだ。支店と石田の距離はわずか十メートルほどだった。それなのに石田の姿にはまったく気づかなかった。

「最初は、あなたが横から歩いてきて視界に入ってきたのかと思いました。でも違う。思い出したんです。あなたはブティックを背にしてこちら向きに立っていたんです」

「わからん。何が言いたい？」

「あなたはブティックの店内にいた。そして、私が視線を手元に落とす直前、店から出てきたんです」

石田は押し黙った。鷲鼻の老人は、もはや単なる「気掛かり」の対象ではなかった。

「ブティックで何をしていたんですか」

言ってから、瑞穂は部屋の中を見回した。女の出入りを感じさせる何物もない。老人とブティック。その隔たりは「水と油」ほどにも思える。

瑞穂は石田に目を戻した。

「そこで時間潰しをしていた。訓練が始まるのを待っていた——違いますか」

石田が何か言おうとしたその時、ノックの音がした。ドアだ。ならば客ではない。

「石田さん——」

呼びかける声がした。

「石田さん、警察です。開けて下さい」

石田は腕組みをしたまま返事をしなかった。ドアノブがガチャガチャと音を立てたが、それは回らなかった。瑞穂はハッとした。石田が鍵を掛けていたのだ。小窓を見る。そこにも鍵が——。

「飛んだのかもしれねえぞ」

外の声が瑞穂の鼓動を速めた。

高飛び……。捜査本部も石田を容疑者とみているのか。

足音が遠ざかり、石田は腕組みを解いた。

「間抜けどもが、ようやく気づいたらしい」

それは自白に聞こえた。

「お前らが悪いんだ。くだらん防犯訓練で真由美を死なせやがった」

真由美……？　訓練で死なせた……？

わからない。いったい何が……。

石田の顔が紅潮していた。顔中の皺が深まり、鬼に見えた。

「一昨年だ、お前らはかすみ銀行の光が丘支店で訓練をやった。刑事は迫真の演技だったそうだ。預金係の席に真由美がいた。俺の初孫だ。短大を出てまだ一年も経っていなかった。刑事に包丁を突きつけられて、さぞや怖かったんだろう——その場で失禁した」

「あ……」

「あんたならわかるよな。年頃の娘が同僚の見てる前で失禁したらどんな気持ちになるか。本当の強盗なら救いもある。だが、五分後には訓練でしたと言われた。他の連中がホッとしたり笑ったりしてる中で真由美は……。あまりに残酷すぎやしないか」

言葉もなかった。そう、犯罪は思わぬところまで波紋を広げて人を傷つける。だが、まさか警察の防犯訓練が……。

「真由美は銀行を辞め、拒食症になり、半年後に肺炎をこじらせて死んだ。銀行の連中は誰も線香を上げにこなかった。警察の連中は、真由美が死んだことすら知らなかったろうよ」

瑞穂は俯いた。拍子に涙が畳を打った。

「最近になって、あの白髪頭がかすみ銀行の人間だと知った。前から、取っかえ引っかえ女を連れ込んでた。俺は客室に盗聴器を仕掛けた。あいつに直接の恨みはないが、かすみ銀行が打撃を受けるなら醜聞を流してやってもいいと思ったんだ。ところが――」

瑞穂は濡れた瞳を上げた。

「盗聴であの訓練のことを知った。白髪頭が女に話したんだよ。こんなチャンスがまたとあるか？　かすみ銀行にも警察にもまとめて仕返しが出来るんだ。俺はやると決めた。人にやらせることにした。長くこういう商売をしてれば、悪党や金に困ってる輩と嫌でも知り合いになる。すぐに荒っぽいのが二人手を上げた」

石田の顔は鬼のままだった。

「なぜ、同じことをしたんです」

瑞穂は涙を拭い、声を振り絞った。

「どこの銀行にも若い娘がいるじゃないですか。あなたのお孫さんみたいな娘が。なぜその娘たちを同じ目に遭わせたりしたんです」

石田は目を剝いた。

「その小娘たちが一番タチが悪いんだ！　同僚の女が真由美を笑いものにした。真由美が付き合っていた男まで掠め取ったんだ」

「そ、そんな……」

石田は無念そうに目を閉じた。

「真由美はいい子だった……。あんないい子はいなかった……。純真で優しくて、大きくなっても年寄りを馬鹿にしなかった。人が嫌がることは絶対にしなかった」

外で靴音がした。

けたたましくドアが叩かれた。人数が二倍ほどにも増えたようだった。さっきとは違う。捜査本部は石田が犯人だと確信を持った――。

「石田さん、いるんだろ？　出てこいよ！」

田丸が言っていた。かすみ銀行に対する恨みの線も洗っている、と。

「仲間を呼ばんのか？」

石田が不思議そうに瑞穂を見た。

「自首して下さい」

瑞穂は言った。

「指図するな。俺は俺の考えで決める」

石田はまたそっぽを向いた。

「自首をする。外にそう言ってから、鍵を開けて下さい」

瑞穂は真っ赤な目で石田を見つめた。法的にはもはや自首とは認められない。だが
――。

「せめて……せめてそうして下さい。嫌です。踏み込まれて、身体中、押さえられて
……そんなの嫌です」

「…………」

「自分から……。お願いです！」

ややあって、石田の肩が落ちた。

鬼の面相が消えた。そうなってみると、どこにでもいる少々寂しげな老人に見えた。

ドアは今にも蹴破られそうだった。
瑞穂は石田を見つめた。一心に見つめ続けた。
皺深い口元から溜め息が漏れた。それは恐ろしく長く尾を引いた。
石田は右足を庇いながら立ち上がった。
「あの店には、真由美に似合いそうな服がいっぱいあった……」
背中で言って、石田はドアノブに手を伸ばした。

# 心の銃口

## 1

部屋に入っても息が白かった。

荒い手で炬燵（こたつ）とファンヒーターのスイッチを入れ、カーテンを閉め切り、そうしている間にも胸の高鳴りは増す一方だった。コートの内ポケットに沈む「掘り出し物」がそうさせる。すぐにも中身を検（あらた）めたかったが、喫茶店や新幹線の車内で取り出せる代物ではないから、ここへ舞い戻るまで、せいぜい腋（わき）をしっかりと締めて、肌に当たるその角張った感触を楽しむよりほかなかった。

コートを脱ぐのももどかしく、懐から厚みのある茶封筒を掴（つか）みだした。封を切り、中身をそろりと引き出す。

手帳──。

革の表紙に『警視庁』の金文字。その上に、やはり金色で、日本警察の徽章である旭日章が刻印されている。

生唾を飲み下した。

問題は真贋だ。東京まで出掛けていってブラックマーケットの住人と接触した。指定された喫茶店で落ち合い、言い値の二十万で買い取った。半信半疑だった。一昨年、名古屋で十五万払って紛い物を掴まされた苦い経験がある。

舐めるように表紙を観察する。一般には黒革だと思われているが、マニアの間では「ミルクの入っていないチョコレート色」が常識だ。窓際でカーテン越しの光に晒す。黒に近い焦げ茶色。もしくは濃いチョコレート色。確かにそんなふうに目に映る。

定規を当ててみる。縦十二センチ……。横八センチ……。規定通りだ。右下の綴じ込みの部分に脱落防止用の紐が結ばれ、その先端には、制服の胸ポケットに繋ぐ「なすかん」と呼ばれる留め金が付いている。

本物。そう思える。

表紙を捲る指が微かに震えた。

恒久用紙。その第一葉は身分証明書欄だ。氏名。所属。制服姿の顔写真。若く、精悍な顔立ち。この手帳が真正ならば、元の持ち主は新宿署に勤務する巡査だということになる。

頁を捲る。職務を忠実に果たすと書かれた巡査の署名入りの宣誓書。さらに捲る。

警察官の服務規定を記した頁が十枚続く。

記載用紙を調べた。恒久用紙とは違って、そっくり取り替えがきく白地のメモ用紙だ。全部で三十枚。幾つかの名前と電話番号の走り書きがあった。裏表紙のポケットを見る。巡査の名刺が四枚。そして、指名手配犯人の一覧表が挟まれていた。

完璧だった。もう疑う余地はなかった。この手帳は紛れもない本物――。

思った刹那、肌が粟立ち、ゾクリ、ゾクリと快感とも悪寒ともつかない、いつもの感覚が内臓を突き上げてきた。

愉悦に震える足で立ち上がり、手早く服を脱ぎ捨てた。洋服ダンスから制服一式を取り出す。ワイシャツに袖を通し、濃紺のネクタイを締め、冬服の上着を着込む。絨毯に新聞紙を敷き、その上で官給品の黒靴を履く。帯革を腰に巻く。その帯革には拳銃ホルダー、手錠入れ、警棒吊りが装着されている。タンスの引き出しを開き、装備品を取り出す。警笛。三段伸縮の特殊警棒。セラミック製の通称「黒手錠」。それぞれを所定の場所に収め、炬燵の上の手帳を手に取り、胸のポケットに差し入れる。最後に制帽を被り、タンスの鏡に「地域課巡査」の姿を映し出す。

敬礼――。

この瞬間がたまらない。

制服に抱かれ、制服に守られている。胸には警察手帳だってある。誰からも信頼され、誰からも愛されている。

あとは、そう……。

下ろした右手が拳銃ホルダーの上蓋を開き、中の空洞を摩りながら上下した。

ニューナンブM60――。

欲しい。

どうしても手に入れたい。

鏡の中の「巡査」は恍惚の表情を浮かべ、身悶えするように体を捩った。

## 2

パン。

乾いた銃声が静寂を破った。

平野瑞穂は、拳銃のグリップに冷たい汗が滲(にじ)むのを感じた。前方に突き出した両腕は硬直していた。焼けた火薬の臭いが鼻孔を突き上げ、鼓膜には発射音の残響による微(かす)かな痛みがあった。

「ガチガチじゃないか。肩の力を抜け」

背後の声は、教養課術科教官の佐伯慎吾のものだ。その傍(かたわ)らには、婦警担当係長、七尾の真顔もある。

「はい」

瑞穂は掠(かす)れ声で答え、引きつった顔を正面に戻した。

二十三メートル先にある同心円状の的を睨(にら)みつける。人形(ひとがた)ではなく、「ブルズ・アイ」と呼ばれる競技用の標的だ。両足を肩幅よりやや広く開き、再び両手撃ちの構えをとった。喉はカラカラに乾いていた。初任科生の時、術科教養で撃ったきりだから、ここ警察学校の射撃場に立つのは六年ぶりのことだ。

当時の感情が蘇る。なぜ警察官になりたいなんて思ったんだろう。初めて拳銃を手にした時、瑞穂は多分に怖じ気づき、同時に強い抵抗感を覚えたものだった。引き金を引いた瞬間、別世界に足を踏み入れた実感があった。育ててくれた両親を裏切ったような思いがした。学生時代の友達に対しても、死ぬまで言えない秘密を持った気がした。やっぱり警察官は男の仕事だ。そうも感じて打ちのめされ、学校の寮のベッドで眠れぬ夜を過ごした。

二度と銃を撃つことはない。瑞穂はそう自分に言い聞かせ、気持ちを立て直した記憶がある。実際、当時は再び拳銃に触れることはないと確信できる状況にあった。警察官は年に一度の射撃訓練が必須だが、婦警は対象外だったし、警護警衛など特殊任務にあたる者を除けば、婦警には拳銃が配備されていなかったからだ。

だが、事情が変わった。警視庁などに倣い、D県警でもこの一月から婦警に拳銃を携帯させることになった。凶悪犯罪の急増を示す棒グラフが、長年「検討中」としていた警務部の背中を押したという。交番勤務員。パトカー乗務員。そして、事件捜査に携わる婦警も状況によっては拳銃を携帯して任務につく。

「どうした平野? ぼんやりするな」

佐伯の苛立った声が耳を刺した。

「あ、はい……」

瑞穂は拳銃のグリップを握り直した。『S&Wチーフ・スペシャルM37』。婦警でも使いこなせるよう軽量化されたモデルだというが、それでも瑞穂の手にはズシリと重かった。銃そのものの重量だけではない。人を殺す道具。呪詛のごとき言葉が胸に重く伸し掛かって四肢を強張らせるのだ。

思いを振り切り、瑞穂は「サイト」と呼ばれる照準装置を凝視した。手前のリアサイトの中央に、銃身の先端にあるフロントサイトを合わせ、ブルズ・アイの中心点に狙いを定める。引き金に人さし指を掛ける。

引く。

反動。硝煙。嫌悪感——。

「まだ硬い。ゆったり構えて上半身で衝撃を吸収するんだ——もう一回」

「はい」

パン。

「駄目だ。ブレてる。呼吸と脈拍を制御して撃て」

「はい……」

パン。

グリップ下の吊り環に付けられたプラスチック札が揺れる。「D――2895」。本部捜査一課の高松婦警に貸与されていた銃だった。強行犯捜査係の紅一点だった彼女が出産休暇に入り、空席となったその「女刑事」のポストに瑞穂が座ることになった。寝耳に水の配転だったが、現在所属している犯罪被害者支援対策室は捜査一課の傘下であるし、元々が瑞穂は現場鑑識や犯人の似顔絵を描く仕事をしていたわけだから刑事部門に明るい。ならば高松婦警が職場復帰するまでの穴埋めに丁度いい。そんな話が瑞穂の与り知らぬところでまとまったらしい。週明けから本部捜査一課の刑事部屋に出勤するように命じられ、それに先立って、この日の慌ただしい射撃訓練となった。装弾五発を撃ち尽くした瑞穂は長い息を吐き出した。スコアは散々だった。標的の中心近くに弾の痕は一つもなかった。

佐伯も呆れたようだった。

「平野、拳銃事故防止の三大鉄則を言ってみろ」

「はい――取り出すな。指を入れるな。向けるな人に」

「よし。お前はその点に特に留意せよ」

言って、佐伯は白い歯を見せた。釣られて瑞穂も安堵の笑みを覗かせた。その時だった。

パン――パン――パン――。

瑞穂は首を竦めた。

右端のレンジに、スラリとした体軀の婦警の姿があった。

南田安奈だとすぐわかった。桃瀬川交番勤務。二十七歳。昨年行われたD県警拳銃射撃競技大会の女子の部で優勝し、一躍脚光を浴びた。十五メートル先の標的に向かって五分以内に五発撃つ動作を二度繰り返す「遅撃ち」という種目で、満点に近い九十六点を叩き出したのだ。

「じゃあ、あとは南田の撃つとこでも見学していろ」

そう言い残して、佐伯はいそいそと安奈の背後に回った。安奈は「特練」――拳銃術科特別訓練のメンバーに選抜され、九月に開催される全国大会を目指している。

安奈の射撃は正確無比だった。瑞穂はぽっかり口を開けて見つめていた。と、後ろから肩を叩かれた。

七尾だった。眉(まゆ)がつり上がっている。

「ちょっといらっしゃい」

## 3

射撃場を出て、グラウンドを隔てた学生用の食堂に向かった。瑞穂は内心穏やかではなかった。前を歩く七尾の背中に近寄りがたいものを感じていたからだ。

とっくに昼は過ぎていて食堂は無人だった。壁に新聞記事の切り抜きが張ってある。この警察学校のグラウンドで一月四日に行われた、年頭恒例の「大点検」の記事だった。見出しが躍っている。

《短銃装備の婦警お披露目》

記者も今年の目玉はこれだと思ったのだろう。写真の扱いも大きい。本部長をはじめとする県警幹部が、銃を握った数人の婦警を点検して歩いている場面だ。

その記事に一瞥をくれると、七尾はツカツカと窓際のテーブルに向かった。

「お茶淹れます」

「いらない──座って」

テーブルで向かい合ってみて、七尾の表情が思った以上に険しいことに気づいた。

D県警四十七人の婦警の姉であり母である七尾は、だからこそ、平素後輩たちに優しい顔ばかりを見せているわけではない。しかし、まさか、拳銃操術が下手だからといって──。

「平野さん、拳銃アレルギー、治ってないみたいね」

声は静かだった。

「ええ……」

「公安委員会規則が変わったのは知ってるわよね」

「はい。知ってます」

つい最近、『けん銃警棒使用・取り扱い規範』が見直されたのだ。これまでの規則では、警告や威嚇発砲を行った後でなければ実射は許されなかった。それが大幅に緩和された。警察官自らの生命に危険が及んだ際は拳銃使用を躊躇わない。凶器を手にした犯人に襲撃されたり、犯人が被害者を銃で撃とうとしているといった緊急事態においては、警察官は予告なしで拳銃を発砲できる。

「どうしてそうなったかわかる？」

「凶悪犯罪が多発し、警察官が襲われて殉職するケースも増えているからです」

「だから当然よね。今までのように抑制的で、原則不使用みたいな考え方がおかしかった。そう思わない？」

「思います。非常時なのに規則に縛られて撃てず、それで殉職してしまうなんてあんまりです」

「わかってるのに、なぜあなたは拳銃の訓練に消極的なの？」

鋭く切り込まれて、瑞穂は狼狽した。

「それは……私にとっては拳銃の存在が大き過ぎるからだと思います。正直言って怖いです。殺傷能力のことを考えると、どうしても気持ちが引いてしまって……」

「そうね。私もそう感じる時がある」

一瞬その場の緊張が緩んだが、続く七尾の声がさらに硬い空気を呼び込んだ。

「どうして笑ったりしたの？」

「えっ……？」

「笑ったでしょう、さっき。佐伯教官に釣られて」

あっ……。

この段になって、七尾の苛立ちの理由がわかった。

「事故防止の鉄則、お前は特に注意しろって言われたよね？　間違っても銃には触るな。そう言われたのと同じことだよね。からかうように言われてあなたは嬉しそうに笑った。ホッとしたんでしょ？」

「はい……そうです」

「婦警だから？　女だから銃なんか自分には無関係？　甘ったれるのもいい加減にしなさいよ」

瑞穂は背筋を張った。

「何度も話したよね。婦警はずっといいように扱われてきたの。警察のマスコットにされたり、人数合わせに使われたり、幾ら一生懸命働いても一人前に見てもらえずに苦しんできたの」

七尾の顔は紅潮していた。

「それがやっと変わってきた。男女雇用機会均等法ができて、組織の中で職域が広がって、夜勤だって認められるようになった。それでようやく拳銃に辿り着いたの。婦警も危険な場面に出くわすことが多くなった。だから私は、婦警の拳銃携帯をしつこく上に言ってきた。凄く反対されたわよ。危険だとか不必要だとか。でもね、本音は男たちが既得権を守りたいだけなの。女に肩を並べられたくないの。わかる？　さっきみたいに笑えば、男たちを喜ばせるだけなのよ」

瑞穂は深く頷き、そのまま俯いた。七尾の怒りが痛みを伴って伝播し、胸が圧迫される思いだった。

「すみませんでした」

数秒の間があった。

「わかってくれればいいの」

溜め息混じりに言うと、七尾は窓の外に顔を向けた。もう怒ってはいない。だが、瞳は憂いを帯びてくすんでいた。

まだ何かある。瑞穂が思った時、七尾の顔が戻った。

「三浦さん、辞めることになったからね」

瑞穂は思わず、「うそッ」と口走った。

三浦真奈美は瑞穂の二期下の婦警だ。本部の鑑識課に在籍していて、以前瑞穂がやっていた犯人の似顔絵描きを担当している。寮も同じだ。彼女が悩んでいたことは知っていた。婦警の職に自信が持てず、そのことに苛立ち、瑞穂に食ってかかってきたこともあった。だが、頑張っていた。懸命に婦警の仕事を全うしようとしていた。辞めたいとは一度も口にしたことがなかった。

「なぜ辞めるんです?」

「結婚するんだって」

「そんな人がいたんですか」

「お見合いしたんだって」

ピンとこなかった。およそ活動的な真奈美のイメージとは掛け離れている。

「玉の輿ってやつね。相手は土地持ちの超エリート銀行員だそうよ」

瑞穂の関心が真奈美から七尾に逸れた。らしくない。七尾とも思えぬ皮肉っぽい言い方だった。

「随分と引き止めたんだ。結婚しても辞めないでねって。でもダメだった。いい奥さんになりたいんだって。だったら何で婦警になんかなったわけ？　彼女ね、辞めるために結婚するんだと思う。婦警から逃げ出したかったの。私、大勢そういう人みてきたからわかるんだ」

七尾は唇を嚙んだ。さっき、瑞穂を責め立てた話の半分は、真奈美に向かって言っていたのかもしれなかった。

瑞穂は瑞穂で苦い思いを飲み下せずにいた。

真奈美とは色々と気持ちの擦れ違いがあった。最近になってようやく打ち解けた気がしていたが、瑞穂が一人そう思っていただけだったということだ。真奈美は結婚や退職の話などおくびにも出さなかった。似顔絵の描き方のコツを聞きたいなどと言って、ちょくちょく瑞穂の部屋に遊びに来ては長話をしていたというのに。

裏切られた。どうしてもそんな気持ちになってしまう。七尾ほどではないにせよ、瑞穂の受けたショックも相当なものだった。

音に気づいて、二人は同時に食堂の入口に顔を向けた。「特練」を終えた南田安奈が制服姿で入ってきたところだった。交番勤務の装備だから物々しい。拳銃や警棒の他にも署活系無線機を肩から下げ、耳には無線受令機のイヤホンを差している。

「どうしたんですか、お茶も淹れずに」

安奈は配膳台に歩み寄り、ポットのお湯を急須に落とした。瑞穂は慌てて席を立ち、小走りで配膳台に向かったが、安奈の満面の笑みに押し返された。だからといって、戻って座ってしまうわけにもいかず、瑞穂はお盆を手に、安奈の傍らで茶が入るのを待った。

少々入り組んだ上下関係がそうさせる。安奈は、瑞穂より三年早く警察に入ったが、婦警ではなく、交通巡視員としての採用だった。四年前に婦警の試験を受け直して合格。だから、婦警のキャリアでは瑞穂のほうが二年先輩にあたる。無論、瑞穂は年長の安奈を上に見ているのだが、日頃の態度から察するに、先輩として立てられていることに安奈が困惑していることもまた確かなようだった。

「凄いわね、南田さんの射撃」

真奈美の一件がよほど堪えていたのだろう、婦警初の特別練習生をテーブルに招き入れた七尾のはしゃぎようは、普段の七尾を知る瑞穂の目には奇異に感じられるほどだった。

「特異な才能よ。射撃はやっぱり生まれ持ったセンスと集中力だと思う」

「そんなことないです」

安奈は顔の前で盛んに手を振ったが、七尾はさらに持ち上げた。

「そうなのよ。凡人じゃ幾ら練習したって知れてるもの」

「いえ。ひょっとしたら、私の場合、巡視員の仕事が役立ったかもしれません」

「どういうこと？」

「ミニパトはベテランの人がハンドル握りますよね。私、若かったから、ずっと助手席担当でした」

窓から身を乗り出し、棒の先のチョークで道路に駐車違反の書き込みをしていたということだ。

「あの書き込み、左手でしかできませんから。毎日やってるうちにモリモリ筋肉がついてくるんですよ。きっと利き腕の右手並みの力になって、それで、銃を撃つときのバランスがよくなったんだと思うんです」

「なるほどねえ」

瑞穂は二人の会話の谷間に落ち込んでしまった格好だった。微かに妬ける。D県警の婦警なら誰だって七尾に認められたい。

その七尾が突然瑞穂に話を振った。

「平野さんも見習わないとね」

悪気がないことはわかっていたが、瑞穂はうまく顔が作れなかった。

「そんなあ、見習わなくちゃならないのは私のほうです」

安奈が助け船を出した。

「平野さんの似顔絵、誰にも真似ができません。凄い特技だと思います」

「そうね。一芸に秀でているってことは武器になるわね」

七尾は真顔で言い、が、すぐにまた相好を崩した。

「いずれにしても、南田さんはこの春、教養課か学校に異動ね。せっかく特練に選ばれたのに、交番勤務じゃ練習時間が限られちゃうもの」

「いえ。私、今のままでいいです」

安奈はきっぱりと言った。

「だけど、あなたの腕は普通じゃないと思う。全国大会だけじゃなくて、頑張れば、将来、国体やオリンピックだって――」

遮って安奈は言った。

「私、拳銃は試合じゃなくて通常の交番勤務に生かしたいと思います」

七尾の瞳が期待に染まったように見えた。

安奈は続けた。

「拳銃のお蔭でやっと男の本官と対等に見てもらえるようになりました。本当は能力も根気も使命感も何一つ劣っていないのに、女だからというだけで不公平な扱いを受けて、私、随分悔しい思いをしたんです。でも、銃は公平です。使い手の性別も年齢も選びません。私、公安委の新しい規則に、とっても勇気づけられました」

安奈の話は、七尾ばかりでなく、瑞穂の心も強く揺さぶった。銃は公平。使い手の性別も年齢も選ばない。確かにそうだ。おそらくは銃を持つことで婦警の地位は格段に向上する。

が、なぜだろう。目を輝かせ、「その意気」と励ます七尾の弾む声を聞くうち、共感と同調の思いが先細りになっていった。

やっかみ。

それとも立派すぎる安奈に対する反発心？

七尾の、立場と感情がごちゃ混ぜの一面を垣間見てしまった寂しさ。

いや、そのどれとも違う。

なんだか恐ろしい気がしたのだ。

どれほど凶暴な犯人も、銃が一丁あれば言うことをきかせられます――。

銃の魔力。

取り憑かれてしまったら、銃に頼り、銃に使われることになる。そんな思いにとらわれて、瑞穂の気持ちは益々冷えていった。

4

外がまだ暗いうちに起き出した。

刑事として初日を迎えた月曜日、瑞穂は本部の捜査一課ではなく、県東部に位置するG署の刑事課に出勤した。前夜、管内のラブホテル『キャンディー』で十六歳の無職少女が絞殺体で発見され、瑞穂の編入が決まっていた強行犯捜査第四係が急遽現場に投入されたからだった。

G署の刑事とペアを組み、現場周辺の地取り(じどり)に出た。いわゆる聞き込み捜査である。拳銃携帯の指示はなく、瑞穂は内心胸を撫(な)で下ろした。刑事が拳銃を持ち歩くことは滅多にないと知ってはいたが、万一、そうしろと言われた場合、平常心で初日の仕事にあたれる自信がなかった。

九時過ぎに足を踏み入れたホテル街の路地は薄気味悪いほど静かだった。グレーの毛羽(けば)立ったコートがのんびりと前を行く。署で配布されたペアリストで初めてその存在を知った板垣泰造は、五十半ばの、顔も体も丸い部長刑事だった。

「まあ、なんだな、昔っからパンパン殺しはお宮入りと相場が決まってるからな」

「マル害は街娼じゃないでしょう?　まだ十六歳ですよ」

瑞穂が後ろから声を掛けると、板垣は、おんなじようなもんだあ、とあくび混じりに言った。

売春、もしくは援助交際絡みの殺し。G署に設置された捜査本部の見方はそうだった。朝一番のニュースで事件を知った若い会社員の男から、被害者——都築香苗(つづきかなえ)と中年の背広男が『キャンディー』に入るのを見たという情報が寄せられていた。その本人も恋人とともに路地にいて、ホテルを物色中だったのだという。香苗がはいていたショッキングピンクのミニスカートが彼の目に焼きついていた。肝心の中年男に関する記憶は曖昧（あいまい）だったが、「中肉中背」「オールバック」「ビシッとしたスーツで決めていた」ぐらいの情報は引き出せた。

ホテル内部は、誰にも顔を見られずに部屋に行けるタイプの造りだ。事務室の記録によれば、午後十一時十三分に「入室」となり、日付を跨（また）いだ午前二時七分、部屋のドアが一度開かれている。香苗を絞殺した中年男はその時刻に逃走したということだ。部屋の指紋はすべて拭（ふ）き取られ、ベッドからも頭髪や陰毛は見つからず、風呂の排水孔のゴミまで掻（か）き出した痕跡（こんせき）があった。頭の回る男。あるいは極度に臆病な男。

ひとわたりホテル街を見て回ると、板垣はポケットから住宅地図のコピーを取り出し、指定された東方面の表通りに足を向けた。

「とりあえず、二十四時間の店から当たってみようや」

「マル目を探すんですね？」

「そういうこった。女のほうは派手だし、見てりゃあ覚えてるだろうよ」

コンビニ。ファミレス。牛丼屋……。

いかにもやる気のなさそうな口ぶりとは裏腹に、板垣は実に勤勉かつ誠実だった。

刑事ぶることなく、淡々と、しかし、じっくりと相手の話を聞く。三回に一回は瑞穂に聴取を任せ、横から口を挟むこともせずに黙々とメモを取っていた。こうした事件ならば、カン取り――つまりは都築香苗の顔見知りや交遊関係の捜査のほうがやり甲斐があるに決まっている。が、板垣は愚痴を言うでもなく、一軒一軒、丁寧に潰しながら手元の地図上にバツ印を増やしていく。その姿は、体に刻み込まれた技を確実に作品化していく老練な職人を思わせた。

なにより瑞穂は、板垣と地取りをしている間、自分が女であることを意識せずに済むことが心地よかった。

「へえ、実家は牛飼いかあ。だったら先だっての狂牛病とやらの騒ぎで大変だったろう」

昼の蕎麦を啜りながら、板垣が言った。

「いえ、ウチは酪農ですから、あんまり影響なかったみたいです」

「つったって、牛は牛だ。あんだけ騒がれりゃあ」

「あ、そうそう、そうでした。町の学校の子が牛のスケッチをしに来なくなったって、父が電話でぼやいていました」

一時きっかりに板垣は腰を上げた。蕎麦の代金は割り勘。瑞穂はなんだか嬉しくなって赤いガマ口を開いた。

起き抜けは憂鬱（ゆううつ）だった。刑事の世界。無視やいびりを想像し、相当な覚悟でG署に出向いた。だが、取り越し苦労だった。板垣に婦警蔑視（べっし）の気配はない。その板垣とペアを組んで事件を追っていれば、捜査本部の中にも自然な形で溶（と）け込んでいけそうな気がした。

丸い背中の後ろを歩く瑞穂の足取りは軽かった。澄みきった空を見上げ、大きく息を吸い込んでみる。思えば一年ぶりの現場だった。心配事が消えてみて、ようやくその実感が湧いてきた。鑑識課を追われた後、広報室と犯罪被害者支援対策室で内勤の仕事に就（つ）かされた。鑑識課へ復帰し、「似顔絵婦警」としてやり直すのが夢だが、しかし、贅沢（ぜいたく）は言うまい。こうして再び外へ出て、最前線の現場に立っていることを今は素直に喜びたい気分だった。

が、瑞穂が「似顔絵婦警」として腕を揮（ふる）う機会は、思い掛けず早くやってきた。

目撃情報が得られぬまま午後三時を回った頃だった。瑞穂の携帯電話が鳴った。相手は本部鑑識課長の弓村だった。

〈至急上署してくれ。死体の顔を描いてもらう〉

瑞穂は息を呑んだ。

G署管内のマンション屋上から中年の男が投身自殺したのだという。財布も名刺入れも所持していないが、体格は「中肉中背」で、頭髪は「オールバック」、さらには、「ビシッとしたスーツで決めていた」。指紋照合の結果は該当者ナシ。都築香苗を殺した犯人の可能性があるため早急に身元を割りたい。ついては、捜査員に持たせる聞き込み用の似顔絵を描いて欲しい――。

板垣の運転でG署に向かった。

頭のどこかでこうした事態を予想してはいた。似顔絵担当の三浦真奈美は近々警察を辞める。射撃訓練をした日の夜、瑞穂は寮の真奈美の部屋を訪ねたが真っ暗だった。最後の年次休暇を取って婚約者と旅行に出掛けた。そう寮母に聞かされ、大いに呆れ、腹を立て、心配する気もすっかり失せた。それはともかく、真奈美が旅行中だということは、今現在、D県警の「似顔絵婦警」が不在だということだから、何か事件があって絵が必要とあらば自分のところに連絡が来る。瑞穂は漠然とそう考えていたのだ。

だが、いきなり死体の似顔絵とは――。

五分と揺られずG署に着いた。

署庁舎の裏手、死体安置室のバラック小屋の前には、電話を寄越した弓村鑑識課長のほかに本部機動鑑識班の係員が三人。さらには、今日から当分の間、瑞穂の直属の上司となる強行犯捜査第四係長、殿木勲の顔もあった。

七三分けに銀縁眼鏡。頰にヤッパ傷がなければ銀行員か何かと見間違う。朝は、捜査本部の置かれた会議室に姿が見えなかったから、殿木と面と向かうのはこれが初めてだった。

瑞穂は敬礼した。

「平野瑞穂巡査です。しばらくの間、高松巡査長の代わりを務めさせていただきます」

「挨拶はいい。早いところ仕事に掛かれ」

言って、殿木は安置室の奥に顎を向けた。

シャッターは開け放たれている。中年男の死体は、安置室の上に、ビニールも被せられずに横たえてあった。薄暗くて定かではないが、死後そう時間が経っていないことは、顔面を染めた血がまだ赤いことでわかる。その血糊を鑑識係が拭う間、瑞穂は外で待たされた。傍らの長テーブルの上に、焦げ茶色のスーツの上着と、同系色の革靴が揃えて置いてあった。死んだ男がマンションの屋上に残した物だという。スーツも靴も高価そうだ。センスもいい。普通の会社勤めの人間ではないような気がする。いったい、この男の職業は何だろう？

左の靴がやや左側にかしいでいる。注意して見ると、踵の左部分が減っているのだとわかった。左足の左側が……。

閃きの予兆を感じた、その時だった。

「ＯＫです」

安置室の中から声が掛かり、瑞穂は全身に強張りを感じた。拳銃を手にした時の緊張とは異なる。これは自分の仕事だ。はっきりとした自覚がある。死んだ人間の顔を描くのも初めてではない。ただ死体の損傷の程度は気になった。男が飛び下りたマンションは何階建てだったのか。それを聞いていなかった悔いが一瞬脳裏を掠めた。

鑑識係員が画材を持ってきた。ここまでついてきていた板垣が、励ますような目で瑞穂を見た。それとは対照的に、冷ややかな視線を送ってきたのは弓村鑑識課長だった。

「ちゃんと頼むぞ。三浦みたいな騒ぎはもう御免だからな」

騒ぎ……？　真奈美が何かした？

瑞穂は弓村の顔を見た。

「半月前に首吊りで死んだ女の顔を描くよう命じたんだ。ところが安置室で顔を見た途端、三浦の奴、泣きながら逃げ出しちまってな。まあ確かに縊死の面相は見られたもんじゃねえが」

そんなことが……。

瑞穂は胸が痛んだ。気持ちがもういっぱいいっぱいだったのかもしれない。絵が好きでも上手くもなく、義務感で「似顔絵婦警」を務めていた真奈美が、苦悶に歪んだ死体の顔を描けと言われたら――。

感傷に浸っている時間はなかった。

「始めます」

短く発して、瑞穂は安置室に足を踏み入れた。

安置台の至近、死体の顔のすぐ前に置かれたパイプ椅子に腰掛けた。スケッチブックを開き、鉛筆を握り、そして死体の顔を見た。

左半分しかなかった。

瑞穂は奥歯を噛みしめた。

目を背けるわけにはいかない。見ることが仕事なのだ。見なければ、絵を描くことはできないのだから。

瑞穂は身を乗り出して死に顔を凝視した。まず、存在する左半分を描く。それから対称をなすように、存在しない右側の顔を「作る」。そう段取りを決めてスケッチブックに向かった。

鉛筆を走らせ始めた。思うような線が引けなかった。脳は誤魔化せても、手は怯えに対して正直だった。

瑞穂は固く目を閉じ、その目をカッと見開いた。十五分で描き上げる。叱咤と激励を込めて自分に言い聞かせた。それより長い時間、嘔吐感を体の中に繋ぎ止めておけそうになかった。

眉……。

閉じた目……。

鼻と口は手掛かりが少なかった。折れ、ひしゃげ、捩じ曲がっている。

生臭い血の臭いが鼻孔をいたぶる。

脳漿のへばりついた頭蓋が目に痛い。

死人の顔を描く。父や母には見せられない姿だと思った。

雑念を振り払い、集中した。線を引き、修正し、また線を引いた。

十七分で描き終えた。

完成した絵と死に顔を見比べる。生き写し。そんな単語が真っ白な頭に浮かんだ。

言葉の使い方が間違っていると感じたが、言い当てた思いのほうが強かった。

瑞穂は席を立った。膝の関節が小さく鳴った。

安置室を出て、スケッチブックを弓村課長の胸に押しつけるようにして渡した。そのまま署庁舎の女子トイレに駆け込み、何度も背中を波立たせた。

そんな時に閃きは訪れた。

口を濯ぎ、顔を洗うと、瑞穂は急いで庁舎裏の安置室に戻った。男たちの背中がまだあった。

「班長――」

殿木の顔が振り向いた。

「何だ？」

瑞穂は紅潮した顔で言った。

「この人、外車のセールスマンじゃないでしょうか」

「外車の……？　なぜそう思う？」

殿木が聞き返した。弓村や板垣も振り返って瑞穂を見た。

「服装が普通の会社員とは違ってやや派手ですし、左足の靴の左側の部分だけが減っています。いつも車の助手席にいて……いえ、外車を運転していて、ちょくちょく車を乗ったり降りたりする仕事ではないかと思いました」

ほう、という顔が重なった。板垣は目を細め、瑞穂に向かって大きく頷いた。

おそらく間違っていない。瑞穂には自信があった。「靴は口ほどに物を言う」。瑞穂が鑑識をしていた頃、やはり鑑識の大先輩でもあった七尾が授けてくれた金言だった。

そのお蔭で、瑞穂はこれまで何度も靴から職業や年齢を言い当ててきた。

が、今日に限って言うなら、感謝は、七尾にではなく、南田安奈にするべきだろうと思った。閃きは、まさに安奈の言葉の中にあったのだから。

駐車違反の書き込みは左手でしかできない。だからモリモリ筋肉がついてきて――。

今度会ったらお礼を言おう。瑞穂は弾む心で思ったが、しかし、それがまさか病院での対面になろうとは、無論、瑞穂の想像の外のことだった。

5

瑞穂の描いた似顔絵は一般には公表されなかった。デスマスクだったからだ。絵は大量にコピーされ、聞き込みに歩く捜査員に「参考資料」として手渡された。

三日後、自殺した男の身元が割れた。

市川幸正。四十二歳。輸入代理店に勤務し、外車と損害保険のセールスを担当していた。離婚した後、F市内の借家で一人暮らし。都築香苗が殺された翌日、郷里の母親の元に「大変なことをしてしまった」と電話を入れていた。

G署長と本部捜査一課長から瑞穂に金一封の「即賞」が出た。嬉しかった。ベテラン板垣の取りなしで、大勢の刑事とも顔繋ぎができた。捜査本部のほうは、市川と香苗の接点を摑む捜査に数名を残して、事実上解散した。

瑞穂はG署の会議室で夕方まで報告書を書いていた。午前中の地取りで聞き取った内容を書類にまとめる。それが終わり次第、本部捜査一課に引き揚げるよう下命されていた。

「ホシもわかったわけですし、いまさらこんなもの書いても意味ないですよね」

瑞穂が自分の肩を叩きながら言うと、隣の席の板垣が鉛筆の先をペロリと舐めた。

「いい刑事はいい書類よ。これぱっかりは昔から変わらねえ」

「そうなんですかあ。絵を描くほうがよっぽど楽です」

瑞穂が小さく息を吐いた時、殿木が会議室に入ってきた。

「四係の人間集まってくれ」

緊迫した声だった。

五、六人の刑事が席を立った。瑞穂も小走りで殿木の元に向かった。

「これより、L署に向かう。桃瀬川交番の婦警が襲われ、拳銃を奪われた」

キーンと耳鳴りがした。

婦警が拳銃を奪われた……？

桃瀬川交番……？　ならば、南田安奈ではないか！

「拳銃携帯のうえ玄関前に集合」

命じた殿木の眼光は鋭かった。

板垣と別れを惜しむ間もなかった。刑事たちの背に張りつくようにして、瑞穂は夢中で階段を駆け降りた。拳銃保管庫に入り、預けてあった拳銃を警務課員から受け取った。ホルダーに納め、また刑事の背中を追う。犯人は銃を持っている。だから、だから……。瑞穂の思考は堂々巡りをしていた。

外は、自分の影が踏めそうな月明かりだった。捜査車両に分乗した。途端に急発進し、タイヤが鳴いた。G署を出る。県道は夕方の渋滞が始まっていた。ハイビーム。赤灯。サイレン吹鳴。大きく反対車線にはみ出し、猛スピードで突っ走る。L署までは二十分弱の距離だ。

「班長――」

ようやく声が出た。瑞穂は後部座席から身を乗り出し、運転席のシートに摑まった。

「南田巡査の容体は？」

助手席の殿木は前を見たまま言った。

「鉄パイプのようなもので側頭部を殴られている。重体だ。意識がない」

「そ、そんな……」

瑞穂の声は悲鳴に近かった。

「命は……？」

「いま手術を受けてる」

「……危ないんですか」

「五分五分だそうだ」

瑞穂は唇をきつく噛んだ。

「ひどい……。いったい誰がそんなこと！」

「抜けてもいいぞ」

殿木が低い声で言った。

「えっ……？」

抜けてもいい……？

殿木が振り向いた。頬のヤッパ傷がひくりと動いた。

「警察の拳銃が奪われた。その意味がわからない奴はこの捜査から降りろ」

安奈の命よりも……。

瑞穂の思考は止まった。いや、すぐさま悲壮感を伴って動きだした。

殿木が正しいのだ。警察官ならそう思わねばならない。拳銃が奪われた。その警察の拳銃で一般市民が撃たれたら――。

「メモを取れ」

殿木が瑞穂に命じた。無線は拳銃強奪事件専用と化していた。

瑞穂は地取りで使っていた手帳をポケットから取り出した。

無線交信は怒鳴り合いに近い。それでも事件概要はなんとか把握できた。

事件発生は午後四時五十分ごろだった。南田安奈は交番の日勤を終え、自転車でL署に向かっている途中だった。現場は通称「木工団地」。家具製造会社の倉庫が立ち並ぶ地域だが、長引く不況で倒産が相次ぎ、空き倉庫が増え続けている。最近では辺り一帯、薄暗くなると人通りもほとんどなかった。

犯人は、その空き倉庫の陰に潜み、罠を仕掛けて安奈を待ち伏せしていた。歩道の電柱と、倉庫入口の門柱の間に張られた透明の細いビニール紐。かなり前、深夜の公園内をバイクで走り回る暴走族が、同じ手口の罠に掛かって死亡したことがあった。木と木の間に張られたロープは首の辺りに当たるようセッティングされていて、それに気づかず走り抜けた少年が首の骨を折ったのだ。

安奈は転倒を免れた。犯人の思惑通り、ビニールロープは薄暮に溶け込んで見えなかった。が、自転車の速度が遅かった。胸にロープが当たってバランスを崩したものの、咄嗟（とっさ）のブレーキで転ばずに持ちこたえた。

作為は明らかだった。安奈はすぐさま自転車を降り、署活系無線でL署に状況を伝えた。地域係長の指示は「その場で応援を待て」だったが、安奈は動いた。周辺を捜索し、そして、倉庫と倉庫の間の路地に不審な人影を見た。

マル不（ふ）を発見しました。身長百七十五センチぐらい。黒色ジャンパー、ジーパン、フルフェイス型ヘルメットを着用——。

ひそひそ声でそこまで伝え、だが、急に声が興奮した。

あっ、逃げる。確保します——。

その言葉を最後に交信が途絶えた。およそ十分後、L署のパトカーが現場に到着し、路地に倒れていた安奈を発見した。血まみれだった。殴打されたのは側頭部だけではなかった。背中も肩も腕も。全身十数カ所。

そして、安奈が携帯していた拳銃——ニューナンブM60と装弾五発が消えていた。ランヤードと呼ばれる、拳銃と帯革を結ぶ紐も見つからなかった。安奈は拳銃を撃っていない。制服の袖口（そでぐち）には硝煙反応がなかった。

瑞穂はメモの手を動かし続けていた。

事件の目撃者はなし。騒ぎを聞きつけた人間も現段階では皆無――。

「取り敢えず箕田と組め」

殿木の声に瑞穂は顔を上げた。

隣の席を見た。箕田も瑞穂に目玉だけ向けていた。四係の部長刑事。無音に近い舌打ちの音が、瑞穂の耳には痛いほど響いた。二度目だ。ホテル『キャンディー』の事件で、似顔絵から市川の身元が割れた時も耳元でやられた。

前方に赤灯の群れが近かった。見たこともない数の捜査車両がひしめき合っていた。無線によれば、機動捜査隊や警邏隊はもとより、本部強行犯係の三係もこの事件に投入され、周辺七署から応援の捜査員が駆けつけている。かつてない布陣だ。普通の事件ではない。D県警の威信が懸かっているのだと思い知る。

ブレーキが鳴き、車がつんのめるようにして止まった。前が詰まっていてこれ以上は現場に近づけなかった。記者や野次馬も大勢いてごった返している。

殿木が降車を命じた。

「現場周辺を検索しろ。油断なく、だ。相手も銃を持ってることを忘れるな」

箕田に続いて車を降りた。その直前、無線が発した情報が瑞穂の足を数歩遅らせた。

《血だまりの中で安全ゴムを発見――》

箕田は「立入禁止」の規制線を跨ぎ、スタスタと先を行く。瑞穂を無視していることは明らかだった。

「主任――」

瑞穂は規制線を潜り、小走りで箕田に追いついた。

「安全ゴムって、銃の引き金に挟み込んであるゴムのことですよね？」

箕田は足を止めない。

「主任」

「そのゴムだ。今時つけてる奴は稀だがな」

やっぱりそうだった。

誤射を防ぐためのゴムパーツ。これを外してからでなくては引き金が引けない。

その「安全ゴム」が現場に落ちていた。だとするなら、安奈は拳銃を抜き、構え、ゴムを外したということだ。

じゃあなぜ？

安奈は犯人に銃を向けていた。犯人は構わず襲いかかってきた。なのに、安奈は撃たなかった。いや、撃てなかったのか。

どちらも考えにくい。ほかでもない、安奈は「特練」のメンバーだ。銃に対する考えもはっきりしている。あの言葉だ。

どれほど凶暴な犯人も銃が一丁あれば言うことをきかせられます――。

「的当て遊びなんかやらすからだ。小娘にオモチャを預けた上が馬鹿なんだよ」

箕田が歩きながら言った。独り言を装っていたが、瑞穂は反応した。

「そんなんじゃありません。南田さん、真剣でした」

「調子に乗ったのは確かだろうが。本署の指令は待てだったのに勝手に動きやがって」

「それは……」

言葉が続かなかった。あったかもしれない。安奈の心の中に「銃さえ持っていれば」の過信と慢心が。

「いずれにしてもな、ホシは警察官を狙ったわけじゃねえ。婦警を標的にしたんだ。女なら簡単に銃が奪えると思ってな。お前もせいぜい気ィつけろや」

吐き捨てるように言って、箕田は行き交う捜査員の中に紛れていった。後を追ったが見失った。殺気だった捜査員に押され、突き飛ばされ、揉みくちゃにされた。その間、瑞穂の右手はずっと拳銃ホルダーに触れていた。

## 6

現場に着いたが、箕田の姿はなかった。

路地の入口に二本目の規制線が張られていた。刑事であっても中には入れない。鑑識作業の真っ最中だからだ。投光機で道が照らされ、鑑識係員が這うようにして遺留物の採取を行っている。警察犬が三頭到着しているがまだ動きだしていない。源臭を決めかねているのかもしれなかった。

これ以上箕田を探す気はなかった。瑞穂は捜査員を掻き分け、規制線の前に立った。倉庫と倉庫の間の路地。そのアスファルトの路地を五メートルほど入ったところに、人間の頭大の血だまりが見えた。路地の中央からやや右側に寄った位置だ。

瑞穂は血だまりを凝視した。

あそこで安奈は襲われた。鉄の棒で殴られ、倒され、拳銃を奪われた。そして今、安奈は病院で生死の境を彷徨っている。

怒りと、悔しさと、切なさが同時に胸に押し寄せてきた。

安奈は婦警の同僚だ。仲間だ。いや、安奈も瑞穂も警察官の一員なのだ。男も女もなく、世の中を少しでも良くしたいと思っている人間の一人に違いないのだ。安奈は確かに命令に背いた。拳銃を頼りにした。驕っていたのかもしれない。しかし、銃を振りかざしたくて周辺を検索したわけでは決してない。犯罪を認知したから動いたのだ。それを放っておけなかったから犯人を探そうとしたのだ。使命感。それ以外に、安奈を衝き動かしたどんな理由があるというのか。

敵を討ちたい――。

瑞穂は胸の前で祈るように指を組んだ。その胸は、突き上げる熱い思いで張り裂けそうだった。

指を解き、赤い目で現場周辺の観察を始めた。どれほどちっぽけな情報も見逃すまい。犯人に結びつく手掛かりを必ず見つけ出す。そう心に誓った。拳銃は撃てない。聞き込みだって下手くそだ。だが、鑑識と似顔絵描きで培った観察眼なら誰にも負けない自信がある。

右に目をやる。鑑識の係員二人が電柱から指紋採取を試みている。ビニール紐が仕掛けられていた電柱だろう。ちょうど倉庫の陰になって月明かりが当たらない場所だ。犯人は何度も下見をしていたに違いない。

目を戻す。

現場は袋小路だ。血だまりから三メートルほど先、路地の奥は金網が張られ、行き止まりになっている。その向こうは、市のゴミ収集車の駐車場らしい。ここからでは全体を見渡すことはできないが、二台の収集車が、連結された電車のようにぴったりくっついてとまっているのが見える。それは一列だけでなく、駐車場の奥に向かって四列、五列と連なっているようだ。上空から見ればおそらく、碁盤の目のごとく正確かつ隙間(すきま)なく車がとまっているのに違いない。ゴミの収集に向かう時は、全ての収集車が一斉に駐車場を出るわけだから、こうしたすし詰め的なとめ方でいいのだろう。

いずれにしても、几帳面(きちょうめん)にとめられた収集車が「壁」の役割を果たしてしまっている。駐車場の向こうには道路が走っているに違いないが、これでは目撃者を期待するのは難しい。収集車の窓ガラスは黒っぽく見える。紫外線避(よ)けのスモークが入っているようだ。車は四列、五列と並んでいるのだから、十枚近いスモークガラスを隔てた向こう側を見通すことなど昼間だってできやしない。

　これがもし、朝の事件だったとしたら状況は一変する。今日は燃えるゴミの日だから、ゴミ収集車は出払って視界が利き、事件の音だって遠くまで伝わったはずだ。

「ルミノール！」

　声がしたと思ったら、突如、辺りが暗くなった。ルミノール検査を行うために投光機の灯が消されたのだ。犯人が血だまりを踏んだ形跡があるのかもしれない。そうだとするなら血液成分を発光させる試薬を使って逃走の足跡を辿ることができる。

　鑑識係員は暗幕を被って作業を始めた。投光機は消したが、月明かりが邪魔なのだ。この路地はかなり明るい。

　瑞穂は右に二歩三歩移動した。血だまりの正面から作業を観察しようと思ったのだ。

　と、その時、「壁」であるはずのゴミ収集車駐車場のほうに小さな灯を見た。ほんの一瞬だった。自転車のライト。そんなふうに感じた。だが、なぜそんなものが見えたのか。思考を巡らすうち、「ルミノール、反応なし！」の声が上がり、投光機が点灯して現場はまた昼間のように明るくなった。

途端、状況が呑み込めた。

数歩右に移動したことで視界の角度が変わり、それが一つの発見を瑞穂にもたらしていた。ゴミ収集車の「壁」に、駐車場の向こうを見通せる細い隙間があることに気づいたのだ。前の車と後の車はぴったりとくっついてとまっている。だが、そうは言っても若干の隙間は無論ある。そして、さっき瑞穂が想像したように、四列目、五列目の車までが、まさしく碁盤の目のごとく寸分違わず正確にとめられていたから、それぞれの列の隙間が一直線上に並び、駐車場の向こうを横切った「小さな灯」を見ることができたのだ。

鼓動が速まった。その発見の先に重大な事実を見たからだった。

瑞穂は血だまりの正面に立つ位置を変えて灯を目にした。血だまりが安奈の立っていた場所であることは疑いがない。つまりは、安奈も「壁」の隙間の正面に立っていたということだ。

仮説が呼び込まれる。

安奈も「小さな灯」を見た。

そうだとするなら、「特練」の安奈が銃を撃たなかった謎は氷解する。

安奈は犯人を追い詰めた。犯人が武器を手にしていたので銃を抜き、構えた。その時だ、犯人の背後に灯を見た。人がいる。安奈はそう直感し、犯人が凶器で襲ってきたが引き金を引けなかった――。

そんな気がする。いや、きっとそうだ。安奈は市民を巻き添えにすることを恐れたのだ。

瑞穂はハッとした。安奈が灯を見たということは、その時間、誰かが駐車場の向こうを通り掛かったということではないか。ならば事件の音や声を耳にしているかもしれない。

思った時はもう走り出していた。倉庫街を大きく迂回して、現場の裏手にあるゴミ収集車の駐車場を目指した。

着いてみて驚いた。車が五列に並ぶ駐車場の奥には用水路が流れていた。道路は存在しなかったのだ。だとすれば、答えは一つだ。道ではなく、この駐車場を誰かが通過した。おそらくはライトを点けた自転車で――。

瑞穂は音に顔を向けた。

想像した通りの光景が今、視界にあった。小さなライトが揺れている。自転車が駐車場を横切ってきたのだ。

瑞穂は懐中電灯を点けて制止した。

「すみません。ちょっと止まってください」

自転車が止まり、不思議そうな瞳が瑞穂を見つめた。月明かりに浮かんだその顔は、明らかに小学生の男の子のものだった。

## 7

次の日の午後、瑞穂は『桃瀬川小学校』に足を向けた。正確に言うなら、小学校に隣接する『桃瀬川学童保育所』の六角形の建物に行った。学校がひけた後、共働きや母子家庭の児童など、家に帰っても親が不在の子供を夕方五時ごろまで預かる施設だ。運営形態は市営や民間ボランティアなど様々あるが、大体どこでも数人の指導員がつき、子供たちを集団で遊ばせたり、時間を設定して宿題をやらせたりといったようなことをしている。

「昔はカギっ子なんて呼んでましたでしょう。今は留守家庭児童って言うんです。首から鍵をぶら下げてるのは昔と同じ。最近は父子家庭の子が多くなりましてね」

　指導員の安倍有子が、子供たちに出すおやつを仕分けしながら内情を話した。元は小学校の教諭だという。歳は七十近い。

「しかし怖いわね。ピストル持ってる人がこの辺をウロウロしてると思うと」

　そう考えるのも無理はない。ここから現場までは三百メートルほどしか離れていないのだ。

「今日から学校は集団下校だそうよ。ウチのほうもね、男の指導員さんについてもらってそうしようと思ってるの」

　相槌を重ねながら、瑞穂は居たたまれない思いがしていた。児童の父母や教師を恐怖に戦かせているのは、ほかならぬ「警察の銃」なのだ。瑞穂の揃えた膝の前にも、ティッシュに包まれたクッキーとおかきが出されていたが、とても摘む気にはなれなかった。

　午後二時を回っていた。低学年の児童が二人、部屋で遊んでいる。みんな集まってから話を聞こう。瑞穂はそう考えていた。

　昨日、ゴミ収集車の駐車場で出会った六年生の男の子から様々な情報を得ていた。

通学路がひどく遠回りなので、東方面に帰宅する子はほとんどあの駐車場を横切る。親や教師に内緒で、自転車通学している子も多い。と言っても、学校に乗りつければ叱られるわけだから、朝方、通学の時に乗って出て、途中、例の駐車場の隅に自転車を置いておく。帰りにはまたそれに乗って帰宅するという寸法だ。親の目が届かないからできることだろうが、逞(たくま)しいといえば逞しい。

それはともかく、瑞穂が会いたいのは、昨日の夕方五時前にあの駐車場を通った子供だった。六年生の話では、三人ほど可能性のある子がいるという。

「これで全員ですよ」

三時を過ぎた頃、有子が声を掛けてきた。瑞穂もそろそろだろうと思っていた。部屋は三十人近い子供たちでごった返し、真冬だというのにむせ返るような熱気だ。

元小学校教諭の巧みさで子供たちを黙らせると、有子は「どうぞ」と瑞穂を促した。

瑞穂は立ち上がった。興味津々(しんしん)の瞳が一斉に上を向いた。婦警は、どこの小学校に行っても人気の的だ。

「今日は交通安全のお話をしにきたのではありません。その逆です。私が皆さんの話を聞かせてもらいに来ました」

瑞穂は努めて柔らかく話を進めた。

「その前に少し自己紹介しますね。私は絵を描く婦警なんです。悪いことをした人や見つけたい人の似顔絵を描いて、テレビとかで流してもらうんです。見たことありますか」

「ある！」

「知ってる！」

そうしたかったが、笑みは浮かべられなかった。昨日、事件の一報を耳にして以来、顔が突っ張ったままなのが自分でもわかる。

話は核心に入った。

「五時になる少し前です。あの駐車場を通った人はこの中に――」

言い終わらないうちに、手が挙がった。

「ボク、見た！」

瑞穂は面食らった。

見た……？

最前列の男児だ。二、三年生ぐらいか。味噌（みそ）っ歯と丸い目が愛嬌（あいきょう）たっぷりだ。

「ケンカしてるとこ見た！」

瑞穂は驚愕した。

目撃者がいた——。

奥の指導室で話を聞いた。

木村翔大。二年生。母子家庭。十二インチのミニサイクルで自転車通学——。

「どんなケンカだったの？」

「男の人と女の人のケンカ」

「どんなこと言ってた？」

「わかんない。怒鳴ってた」

「さっき、見たって言ったよね？」

「言った」

「何を見たの？」

「金網から見た」

瑞穂は息が止まった。この翔大という子は騒ぎを聞きつけ、駐車場と路地の境の金網まで行ったのだ。あの月明かりだ。ことによると——。

瑞穂は苦しげに固唾(かたず)を飲み下した。

翔大の目を見つめる。

「男の人の顔、見た？」

「見たよ」

心臓がドクンと打った。

「顔、覚えてる？」

「覚えてる」

瑞穂は立ち上がった。

有子を呼び、翔大の母親と連絡を取ってくれるよう頼んだ。そうしておいて、瑞穂は携帯でL署の捜査本部に電話を入れた。強行犯四係の殿木班長を呼ぶ。

しばらくして、低い声が耳に吹き込まれた。

〈どうした？〉

「事件のマル目を確保しました。似顔絵作成の許可を願います」

〈なんだと……？〉

殿木の声にも興奮が混じった。

〈どんなマル目だ?〉

「小二の男児。顔を覚えていると言っています」

〈子供の証言で描くのか〉

「馬鹿にできません。大人は他人の顔を見るとき遠慮がちにそうしますが、子供は穴のあくほど見つめます」

〈なるほど……〉

「事情は後ほど詳しく」

許可だけもぎ取ると、瑞穂は早々に電話を切った。時間が勝負なのだ。一分一秒でも早く翔大の記憶をスケッチブックに「移植」したい。

「婦警さん」

声に振り向くと、有子が受話器を差し出していた。一応は母親に事情を話したという。

「私、D県警捜査一課の平野と申します。いま安倍さんからお聞きになったかと思いますが、実は――」

翔大の証言で似顔絵を描きたいと告げると、母親は絶句した。

「決してご迷惑はお掛けしません。息子さんの名前や存在が公になることは誓ってありませんので」

ありったけの言葉で説得するうち、母親は不承不承了解したが、似顔絵を描く場に立ち会うのは無理だと言った。病院の医療事務をしている。仕事中だから学童保育所には行けないし、病院に来られるのも迷惑だという。

仕方なかった。瑞穂は電話を切り、翔大を振り向いた。

「じゃあ、話を聞かせて」

「うん！」

似顔絵作成は極めて順調に進んだ。

翔大の記憶力は舌を巻くほどだった。目や鼻の形を詳細に語り、時には瑞穂の描いた線の修正を要求し、そうして一時間ほどで、面長で目の大きい、三十〜四十代の男の顔が完成した。

その後の慌ただしさは、かつて瑞穂が経験したことのないものだった。

奪われた拳銃はいつ使用されるかわからない。だから捜査本部の判断は早かった。すぐさま緊急記者会見を開き、似顔絵を公表したのだ。マスコミ各社もこのネタに飛びついた。テレビはＮＨＫも民放も夕方のニュースの最後に「犯人の顔」を無理やり突っ込んだ。

それが功を奏した。

夕方のニュースが終わるやいなや、Ｌ署の電話は鳴りっ放しになった。二十人ほどの男の名が「似ている」と告げられた。うち四人は複数の人間から「そっくりだ」と名指しされた。さらに、その四人の中の二人の所在がわかり、それぞれ、午後七時五十五分、八時二十三分にＬ署に任意同行された。

瑞穂はその日のうちにまた木村翔大と会うことになった。「面割り」が必要になったからだ。自分で車を運転して翔大を迎えに行った。意気揚々というのとは違った。事件が事件だ、瑞穂は気を張り詰めたままだった。ただ、心に救いはあった。出掛けに、南田安奈の容体が快方に向かっているらしいという情報を耳にしたのだ。

翔大の住まいは古びたアパートの二階だった。八時半を回っていたが、母親はまだ帰っていなかった。翔大は首まで炬燵に潜り、一人でテレビを見ていた。テーブルの上に、ポットと食べかけのカップ麺があった。「残業」と翔大は屈託なく言った。八歳の子がそんな言葉を知っていることが哀れに思えた。電話で母親に許可を取り、翔大をアパートから連れ出した。

九時前にはL署に到着した。

庁舎二階、刑事課の取調室。「三号」と「四号」に赤ランプが点灯していた。

まず、「二号」に翔大を誘導した。瑞穂のほか、殿木と本部捜査一課長の松崎が付き添って入室した。マジックミラー越しに、隣の「三号」にいる男を見せる。

「違うよ」

ひと目見るなり翔大は言った。

大人たち三人の息が重なった。瑞穂の息はとりわけ長かった。

「あと一人だけお願いね」

瑞穂が言うと、翔大は真顔で返した。

「ボク、百人ぐらい見てもいいよ」

「ありがとう」

瑞穂は笑顔をつくり、翔大の肩を抱くようにして「三号」に誘導した。隣の「四号」の男を――。

翔大よりも早く、瑞穂がぶるっと体を震わせた。

机に肘をつき、相向かいの刑事に何やら喋りかけている男。
似顔絵にそっくりだった。自分で描いたからわかる。この男だ。間違いない！
翔大の顔を見た。
その顔が輝いていた。松崎課長と殿木の顔も期待に染まった。
翔大が走った。マジックミラーを叩くように両手を張りつけ、叫んだ。
「パパ！」

## 8

病院の廊下は灯が落ちていた。
非常口を知らせる緑色の常夜灯と、火災報知機の赤いランプが暗い廊下に滲んでいる。
集中治療室の前、長椅子に腰掛けた瑞穂は深くうなだれていた。
事件から外された。
ここで安奈の意識が戻るのを待つ。それが下命された仕事……。

静かだった。なのに、肩を叩かれるまで人が近づいたことに気付かなかった。

七尾だった。

「ご苦労さん」

瑞穂は顔を上げられなかった。七尾に合わせる顔など、どこをどう探してもあるはずがなかった。

「すみませんでした……」

「なに言ってるの。済んだことは仕方ないでしょ。ホテルの少女殺しはあなたがカタつけたんだし、とんとんじゃない」

明るい声だった。

「でも……」

「もう！　いいことしたって思いなさい。あの子の両親、まだ正式には離婚してなかったんでしょ？　だったら今回のことでヨリが戻るかもしれないじゃない」

「ええ……」

全部作り話だった。木村翔大が駐車場を横切ったのは犯行時間の前だったのだ。

「あの子の頭には、家出人の公開捜索番組みたいのがあったのかもね」

「そうだと思います。私がいけなかったんです。テレビで似顔絵が流れるみたいなことを話したから……」

「お父さんに会いたかったのねえ」

瑞穂は小さく頷いた。翔大が真顔で口にした言葉が耳に残っていた。

ボク、百人ぐらい見てもいいよ――。

「絶対あれ、お父さんがつけたのよね」

「えっ……？」

「あの子の名前よ。翔大なんて、女親は逆立ちしたって思いつかないでしょ？」

笑いを含んだ声が廊下に響いた。誘われるように七尾の顔を覗き見た。

疲れきった顔だった。肌は荒れ、目の下に隈ができている。

相当やられた。上の反対を押し切って実現させた婦警の拳銃携帯は、結果として最悪の事態を招いた。さらにその同じ事件で、同じ婦警である瑞穂が、傷口に塩をすり込むがごとき大失態を演じてしまった。

七尾の、本部での立場は地に落ちたに違いない。揺るぎなき男社会に身を投じ、孤軍奮闘、後に続く婦警のために道を切り開いてきた七尾の努力は水泡に帰したのだ。

なのに、七尾は微笑んでいる。

なぜか。

そんなの決まってる。瑞穂が悄気ていると思ったからだ。だから励まそうとわざわざ足を運んできたのだ。

やっぱり七尾は強い。凄い。そして、温かい。

「でも、よかったあ」

七尾が吐き出す息とともに言った。

「えっ……？」

「南田さんよ、うまくすれば明日には普通の病室に移れるんでしょ？」

「ええ、さっき少し意識が戻って、朝には喋れるかもしれないって、先生が」

「ホント、よかった。生きてればね、また幾らでも頑張れるから」

七尾は立ち上がった。そうしておいて腰を曲げ、両手で瑞穂の頬を挟み込んだ。いかにも作りましたという恐い顔。

「いい？　あなたもよ」

安奈の意識が戻ったら連絡を寄越すように。そう言い残して、七尾は廊下の闇に溶け込んでいった。

それから瑞穂は少しウトウトした。「七尾効果」と言うべきものに違いなかった。だが、脳のどこかは起きていた。眠ることなく考え続けていた。

安奈は「小さな灯」を見なかった。ならばなぜ、銃を撃たなかったのか。

## 9

安奈の意識が戻ったのは、翌朝の七時過ぎだった。

「やっちゃった……」

それが安奈の第一声だった。瞳は、ぼんやりと天井を見つめていた。

瑞穂は、医師から五分間の面会許可を得ていた。たった五分だ。優しい言葉を掛けている余裕はなかった。

瑞穂はベッドに体を寄せ、顔を枕元に近づけた。

「南田さん、平野です。わかりますか」

「ああ、平野さん……」

安奈は微笑もうとして、顔を歪めた。

「状況、話せます?」

「ええ……」

長く喋るのは難しそうだった。

瑞穂は話をリードした。

「フルフェイスのヘルメットを被った男を路地に追い詰めた。銃を構え、安全ゴムを外した。その後、どうしたんです?」

「特殊警棒……持ってたの……犯人が……」

「ええ。だから銃を構えたんですね?」

「そう。それでヘルメットを取るよう命じたの……」

瑞穂は体が引き締まるのを感じた。

ヘルメットを外させた。ならば、安奈は犯人の顔を見たということか。

「顔を見たんですか」

「ええ……」

「どんな男です?」

「……違う」

違う……？　何が……？

瑞穂は安奈の唇を凝視した。

お・ん・な――そう動いた。

瑞穂は総毛立った。

犯人は女！

「……背がうんと高かった……。でも、やっぱり油断したの……。女だからたいしたことできない……そう思ったのねきっと……。銃を下ろしたら突然警棒で……」

安奈は痛みを堪（こら）えて笑みを作った。

「馬鹿みたい……。女も男と同じにできるって……私、ずっとそう言ってたのに……」

医師が部屋に入ってきた。

瑞穂は早口で言った。

「その女の顔、覚えてます？」

「……忘れろって言われたって、忘れられない……」

ここまでが限界だった。安奈は今にも眠りに落ちそうだった。

「今日中にもう一回、面会の時間をもらいます。似顔絵を描きましょう」

安奈は微かに頷いた。

「君、もうそろそろ」

瑞穂は医師の声に振り向き、無言で頭を下げ、すぐに顔を戻した。

「男も女もありません。絶対捕まえましょう、犯人を」

安奈の目元が引き締まったように見えた。

瑞穂はシーツに手を滑り込ませた。冷たい指に、自分の指を絡めて言った。

「私もやっちゃったんです。私も一緒ですから」

安奈の指が微かに動き、瑞穂の指を締めつける仕種(しぐさ)をみせた。

10

D県警はかつてない窮地に追い込まれていた。強奪された『ニューナンブM60』はいまだ発見に至っていない。その弾倉には実包五発がこめられている。誰もが二次的被害を恐れていた。万一、警察官の銃が市民の命を奪うようなことにでもなったら、本部長以下、何人の幹部のクビが飛ぶか見当もつかなかった。
それまで「女の時代」とばかり、婦警の拳銃携帯を好意的に取り上げていた新聞やテレビは、手のひらを返したようにこぞって批判に転じた。
《懸念されていた事態が現実のものとなってしまった》
《安全対策は万全だったのか》
《婦警の拳銃携帯は時期尚早だったのではないか》
拳銃を奪われた南田安奈は、特殊警棒で側頭部をはじめ全身十数カ所をメッタ打ちにされて病院に運び込まれた。一時は危篤状態に陥ったが、今朝方、短い時間ながら意識が戻り、「犯人は若い女。丸顔。短髪。身長百七十五センチぐらい」と証言した。
犯人もまた女だった――。
マスコミの論調は足並みが乱れたが、県警の混乱ぶりはそれ以上だった。犯人像が絞れなかった。当初は鉄パイプで襲われたとする情報が流れたため、過激派説が有力視されたが、実際には警察官が使用している三段伸縮の特殊警棒が凶器であったと判明し、俄然、警察マニア説が頭を擡げてきた。しかし、女に警察マニアが存在するのかという疑問や、痴情絡みで恨んでいる男を撃ち殺すために強奪したのではないか、といった従来型の見方。さらには、婦警による駐車違反の取り締まりに対する逆恨み説なども捨てきれず、捜査方針はなかなか固まらなかった。

結局のところ、犯人像の「決め打ち」は危険と判断され、現段階では「長身の女」を徹底して洗うことが妥当との結論に至った。男女ともに体躯がよくなったとはいえ、百七十五センチを超える女が県下にそう大勢いるとも思えない。だから、刑事部門はもとより、生活安全、警備、交通に至るまで、重要案件を持っていない警察官の多くは「長身の女」の情報収集に充てられた。広範な聞き込み捜査に加え、犯歴のある女の身長が調べられ、さらには、秘密裡に中学高校の運動部OGの名簿が集められた。まずは、バレーボール部とバスケットボール部――。

大海に投網を打つような捜査が続く中、しかし、県警上層部の胸に勝算がないかと言えばそうではなかった。南田安奈が再び意識を取り戻し、正確な記憶のもとに似顔絵が作成されたならば、身長百七十五センチの若い女が炙りだされないはずはない、との確信を抱いていた。

## 11

D中央病院の集中治療室——。

瑞穂は、ベッドサイドの椅子に腰掛けていた。足元には似顔絵作成に必要な画材一式が置いてある。昨日、子供の証言をもとに見当違いの似顔絵を描くという失態を演じた。注意深く少年を観察していれば防げたミスだった。二度と失敗は許されない。今日こそ完璧な仕事をして捜査に貢献する。そんな気負いが胸にある。

安奈は昏々と眠っている。朝方いったん意識が戻ったが、絶対安静であることに変わりはない。何本もの点滴の助けを借りながら、深手を負った体と心が無意識の闘いを続けている。

瑞穂は腕時計に目を落とした。午後一時半を回ったところだ。県警本部からは「まだ起きないのか」と再三言ってきていた。その都度、瑞穂は「自然に起きるまで待って下さい」と突っぱねた。安奈の体が心配なだけではない。無理に起こし、朦朧とした頭で証言させたのでは、満足のいく似顔絵など描けっこないからだ。

瑞穂は、毛布の上で指を組み、安奈の寝顔を見つめた。眉間に皺が寄っている。ネットで固定した頭の包帯にはうっすら血が滲んでいた。「特練」のメンバーに選抜されていた安奈がこんなめに遭うなんて、いったい誰が想像しただろう。

皮肉な話というほかなかった。襲撃してきた犯人を逆に追い詰めた。拳銃を構えた安奈は、その犯人が女だと知って油断した。男と対等になることを欲し、拳銃の常時携帯によってそれを手に入れたはずの安奈の心に、「女は大したことができない」という思い込みが潜んでいたのだ。

瑞穂は背後を振り向いた。

開いたドアの隙間に、この事件で瑞穂とペアを組む箕田主任のイラついた顔があった。

「おい、まだか」

怒りを含んだ声が室内に響いた。

瑞穂は唇に人差し指を立てた。

「大きな声を出さないで下さい。もうすぐ起きますから」

「適当なことを言うなよ。医者でもないお前に何がわかる」

「いま、瞼の下で眼球が動きました。レム睡眠状態ってことだと思います」

「本部は今すぐ起こせと言ってる」

「ですから、何度も言ってるように、無理に起こしたりしたら――」

最後まで聞かずに箕田はドアを閉めた。いや、本部の命令を実行したというべきか。力任せに閉めたドアの音が安奈の鼓膜を叩いたのだ。

「……ん……ん……」

安奈の唇から微かなうめき声が漏れた。居心地悪そうに首を動かし、その拍子に痛みを感じたのか、うっ、と小さく声を漏らして目を開いた。何秒もしないうちそれは薄目になり、ぼんやりと天井を見つめた。

瑞穂は息を殺していた。安奈の目はますます細くなっていったが、しかし、閉じてしまいはしなかった。

「……やろう、平野さん……。私、やらなくちゃ……」

安奈は途切れ途切れに言った。視界の隅に瑞穂の姿が入っていたようだった。

「大丈夫ですか」

瑞穂が囁くと、安奈は瞬きで頷いた。瞳には確かな意思が宿っていた。必ず犯人を捕まえる。なんとしても銃を取り戻さねばならない――。

瑞穂は担当医師を呼んだ。診察の結果、十五分だけ、の制限付きで許可がでた。

集中治療室の前の廊下には、箕田の他にも十人近い警察官がいた。刑事や鑑識ばかりでなく、管理部門の人間も混じっていた。この事件が、県警の組織そのものを揺るがしているのだと改めて知る。瑞穂は身の引き締まる思いで部屋に戻った。一対一。似顔絵作成の作業に他者は介在できない。

瑞穂は準備に取り掛かった。ベッドの枕元に可動式のブックスタンドをセットした。本の代わりに鏡を取り付け、似顔絵を描く瑞穂の手元を安奈が見られるように角度を調節した。

よし。瑞穂は自分に一声掛けた。与えられた時間は少ない。手早くスケッチブックを開き、４Ｂの鉛筆を手にした。

「始めます」

「ええ……」

「まず輪郭です。丸顔でしたよね？」

「そう……」

瑞穂は大胆に顔の輪郭線を引いた。

「こんな感じですか」

「もっと丸い……」

安奈は真剣な目で鏡を見つめている。

「眉(まゆ)は？」

「太かった……。地だと思う……。剃(そ)ってないの……」

瑞穂の手が忙しく動く。

「どうです？」

「あ……そんなにカーブしてない……。真っ直ぐに近い感じ……」

紙の上を消しゴムが上下する。

再び鉛筆。

「こう？」

「ううん。もっと眉間(みけん)が狭い……。そう、そんな感じ……。似てる」

「目は？」

「細い……。つり上がってた……」

「一重ですね?」

「そ……」

「どうです?」

「うーん、もう少しつり上がっていたかなあ……」

　瑞穂は安奈に目をやった。

「それは襲ってきた時の顔じゃないですか? 一番普通だった時の顔を思い出してください。えーと、ヘルメットを取った直後の顔とか」

「うん。でも、やっぱりもう少し……」

　消しゴム。鉛筆。

「目と眉の位置関係はどうです?」

「そう……もうちょっと離れてたような気がする……」

　消しゴム。鉛筆。

「これぐらい?」

「そ。近いかな……」

　近い、では駄目なのだ。

瑞穂は言った。

「南田さん——間違っても遠慮なんかしないで下さいね。これは私の仕事です。何百回だって描き直しますから」

「あ……」

「だいいち、似てなかったら犯人が捕まりません」

瑞穂は言葉に力をこめた。

小さな間のあと、安奈が蚊の鳴くような声を出した。

「……ごめん」

「やだ、謝らないで下さい」

慌てて言って、瑞穂は安奈に顔を寄せた。

「朝、言いましたよね？　私、似顔絵で昨日ミスしたんです。だからこれ、私のためでもあるんです」

安奈は微かに微笑んだ。

「正直ね……平野さんは……」

「だって、本当のことですから」

「わかった……。遠慮も妥協もなし。完璧な似顔絵つくって、絶対、捕まえる」

「ええ。そうです」

安奈は真顔に戻った。

「眉と目……あと一ミリぐらい離れてる気がするの……」

「はい」

瑞穂は明るく答えて、作業に戻った。消しゴム。鉛筆。消しゴム。鉛筆——。

「鼻は？」

「小鼻が大きかった……。でも、鼻筋は通ってて……」

安奈の顔が歪んだ。

「痛みます？」

「平気……。続けて」

「でも……」

「早く……」

「わかりました——唇の形は？」

「薄い……。能面みたいに……」

四十分後、似顔絵はほぼ完成した。医師は一度も止めに来なかった。廊下の男たちがそうさせたのかもしれなかった。

瑞穂はジッと似顔絵を見つめた。

女の顔には違いないが、かなり男っぽい。この絵を公開すれば、市民の五人に一人ぐらいは男だと思うだろう。化粧はまったくしていなかったと安奈は言った。だからかもしれない。だが――。

瑞穂は言った。

「一つ伺います」

「何……?」

「ちょっと言いづらいんですが……」

「遠慮も妥協もなし……でしょ?」

瑞穂は頷いた。

「南田さん――女に襲われた自分が許せない。そんな気持ちが心の中にありませんか」

安奈はゆっくりと瞬きをした。

「……ない、って言ったら嘘になる……。きっとあると思う」

瑞穂は立ち上がり、胸に似顔絵を当てて安奈に見せた。

ややあって、安奈は言った。

「そっくり……」

瑞穂は似顔絵を下ろさなかった。

安奈の視線が、似顔絵から瑞穂に上がった。

「大丈夫。ちゃんと気持ち抑えた……。この……男っぽく見える女で間違いない」

知らずに手が伸びていた。

そっと安奈の頬に触れていた。

その頬は熱かった。燃えるように──。

瑞穂はキッと振り向き、ドアの向こうに声を掛けた。

「似顔絵、できました！」

箕田が転がり込んできた。瑞穂の手からスケッチブックを引ったくり、旋風のように消えていった。

# 12

午後四時。似顔絵が公開された。

テレビ各局は飛びついた。昨日、人違いの似顔絵を摑まされたというのに、そんなことはなかったかのように一斉に夕方のニュースで瑞穂と安奈の合作を流した。同時に「身長百七十五センチぐらい」という重要な手掛かりも電波に乗った。

反響は大きかった。特捜本部の置かれたL署はもとより、県警本部や県下各署にも「似ている女を知っている」「そっくりな女を見た。背も高かった」といった電話情報が相次いで寄せられた。

瑞穂は、他の強行犯係員とともに本部捜査一課の刑事部屋に詰めていた。各署から上がってくるファックスをチェックし、とりわけ、「重複情報」に目を光らせていた。三十分もしないうちに意外な結果が出た。隣県のK市内から寄せられた情報が二十件近くもあったのだ。しかもその大半が同じ女を名指ししていた。

鈴木真寿美。二十四歳。身長百七十六センチ。

二十分後には、隣県のパトが真寿美の実家を突き止め、極めて具体的な情報を報せてきた。

こうだ。

真寿美はK市内で生まれ育った。父親がかなり変わっていた。幼い頃から図抜けて体格のよかった真寿美に男の子の服を着せて連れ回し、人前で男言葉を使わせた。母親はやめさせようとしたが、そのことで夫婦が諍いになると、真寿美は泣き出し、大声で男言葉を連発した。父親に嫌われたくなかったのだろうと、近隣の人間は口を揃える。

中学の時、両親が相次いで病死し、真寿美は、父親が勤めていた会社の上司の養女となった。中学、高校を通じてバレーボール部やバスケット部から再三勧誘されたが、運動が苦手なのでスポーツはしなかった。学業成績はまずまず。無口で内向的。クロスワードパズルを作ることに夢中になり、懸賞にも何度か入選したという。高校を卒業後、市内の事務機メーカーに就職したが、わずか一年で退職。背の低い上司に「大女」と綽名をつけられ、同僚の男たちからも連日からかわれたことが理由の一つだったらしい。再就職をめぐり養父と口論となり、今から四年前に家出。そのまま行方がわかっていない。真寿美がキャッシュカードを持っていると知った養父は、毎月彼女の銀行口座に十万円ずつ振り込んでいた。その金が定期的に引き下ろされているから生きていることは間違いがないという。養父は消沈し、「悲しいが、似顔絵は真寿美によく似ている」と証言した——。

さらに、その五分後、刑事部屋を色めき立たせる情報がもたらされた。猪島町のコンビニ店主からだった。「すごく似てる。決まって深夜二時ごろ来る女にそっくりだ。何年も口をきいたことがなかったんだが、一度だけ、レジでズル込みした客に『俺が先』と低い声で言ったことがあったよ」

自分のことを「俺」と言う女。最近、若い娘の間で増えていると聞くが、コンビニに現れる女が鈴木真寿美であるなら、幼い頃の「名残(なごり)」なのかもしれなかった。それはともかく、店主が情報を寄越した猪島町は、安奈が襲われた「木工団地」から一キロと離れていない——。

「拳銃携帯！」

刑事部屋は緊迫した。強行犯捜査係のうち、コンパニオン殺しで県北の温泉地入りしている一係を除く全員の猪島町投入が決まった。刑事たちが一斉に拳銃ホルダーを装着する。瑞穂もつけた。ウエストに、ホルダー付きの帯革を巻き、『S&Wチーフ・スペシャルM37』を押し入れて蓋を閉じた。

「四係——」

班長の殿木が声を張り上げた。瑞穂を含む八人の部下が集合した。

「俺たちは西地区のアパートを聞き込む」

言って、殿木は住宅地図のコピーを配り始めた。が、瑞穂に顔を向けた途端、その手が止まった。殿木は頰のヤッパ傷がつれるように動き、険しい視線が上下した。

「なぜスカートなんだ？」

「えっ……？」

瑞穂は濃紺のブレザーにスカート姿だった。いつもそうだ。パンツは似合わないし、特別活動しやすいとも思わないから。

「替えは？」

「ありません」

「ホシは銃を持っている」

「わかっています」

「本当にわかっているのか」

殿木の声は低かった。それ以上言わなかったのは時間を惜しんでのことに違いなかった。

瑞穂にしても、服装を注意されたことなど気にしてはいられなかった。『D63』と呼ばれる覆面パトカーのハンドルを握り、けたたましいサイレンの音とともに本部の駐車場を飛び出した。助手席の箕田が「飛ばせ」と命じる。

瑞穂はアクセルを踏み込み、興奮気味に言った。

「捕まりますね」

「だから飛ばせと言ってるんだ。こんなおいしいヤマはねえ。早いモン勝ちだってことだ」

箕田の目はギラついていた。この事件の犯人に手錠を掛ければ本部長賞詞は確実だ。

県道は驚くほどすいていた。瑞穂はメーターの脇のデジタル時計を見た。七時ジャスト。夕方のラッシュは終わったということだ。

瑞穂は前を見たまま言った。

「主任――」

「何だ？」

「鈴木真寿美はなぜ銃を奪ったりしたんでしょう？」

「欲しかったんだろう」

「マニアってことですか」

「ああ。なんたってクロスワードパズルだからな」

「偏見です。私も好きです」

「俺だって好きだよ、やるのはな。だが、作らんだろう普通」

道路端によけた数台の乗用車を一気に抜き去る。

「それってやっぱり偏見でしょう」

「馬鹿野郎。俺はマニアイコール犯罪予備軍だって言ってるんじゃねえよ。パズルづくりに夢中になるような奴はマニアの素質があるって言ってるだけだ。集中してコマコマ小さいことやるってのは収集癖とかにも近いモンがあるだろうが」

瑞穂は首を傾(かし)げた。目は前方のタクシーのテールランプを凝視している。

「女ですよ」

「それがどうした」

「気持ちがわかりません。女の警察マニアなんているんですか」

「いるさ。俺は二人知ってる——一人は詐欺で俺がワッパを掛けたんだ。そん時、その女、何て言ったと思うよ？」

「何て？」

左によけはじめたタクシーを抜きに掛かっていた。時速七十キロ——。

「自分の手首に目を落としてな、この手錠欲しい、って言いやがった」

瑞穂はタクシーを完全に抜き去ってから言った。

「冗談でしょ？」

「本当さ。それと、もう一人の女はグッズじゃなく、サツ官そのもののマニアだった。相手がサツ官なら誰彼構わず寝たがるんだ」

言って、箕田はチラリと瑞穂を見た。

主任は寝たんですか——そう聞いて欲しかったに違いない。

「ま、今回の女はちょっと毛色が違うみたいだな。大女だし、自分のことを俺なんて言うんだ、少しばっか、男が入ってるのかもしれん。アレじゃねえのか、最近流行り(はやり)の性同一性障害とかってやつ」

「偏見です。そんなことより、幼い頃の両親との関係が――」

「お前こそ偏見じゃないのか」

「えっ？」

「男にだって女にだってジジイやババアにだって悪い奴はいるだろうが。大女にだって悪いのはいるってことだよ」

警察官にだって。そう言ってやりたかった。

瑞穂は黙ったまま、前方のトレーラーの追い越しを始めた。と、箕田が言った。

「考えてみりゃあ、お前も一種の警察マニアだよな」

言葉の意味を計りかねた。

箕田が続ける。

「ちっちゃいころから婦警さんの制服に憧れてました――その口だろお前も？」

図星だったが、しかし、なぜそんな言われ方をされなければならないのか。トレーラーを追い越している最中でなかったら目を剝いて言い返していた。

「ひょっとして、スカートにこだわってるのもそのせいか」

トレーラーはよけてくれない。

「ま、いずれにしても、本当に婦警になっちまおうなんて考える物好きな女は、究極の警察マニアってことだろうな」

悔しかった。まだトレーラーを抜けずにいた。時速八十キロ――。

「男の人だってそうでしょう?」

やっと言った。

「最初は制服に憧れて、でも、段々と職務の重要さに気づくようになって――」

「お喋りは終わりだ」

箕田は一方的に会話を打ち切り、赤灯とサイレンのスイッチを切った。

猪島町に入ったことは、正面に広がる夥(おびただ)しい数の窓の灯で気づいていた。D市のベッドタウン。想像したよりずっとアパートの数は多いようだった。車を減速させる。すぐ先が四係に割り当てられた西地区だ。

瑞穂は頭を切り換えた。諍いなどしている場合ではない。アパートが林立するこの一帯のどこかに、拳銃強奪犯である鈴木真寿美が潜んでいるのだ。

「そこの公園の脇にとめます」

瑞穂がハンドルを切って車を寄せると、箕田が荒い声を出した。

「とめるな。突っ切って東地区へ入れ」

「えっ？　でも――」

「いいから行け」

「なぜです？」

「決まってるだろう。ホシは東地区にいるからだ」

瑞穂は車をのろのろと走らせながら思考を巡らせた。

「わかりません。なぜ東地区にいるって決めつけるんです？」

「この西地区は開発されたばかりだ。東地区のほうがぼろいアパートが多いんだよ」

「だから……？」

箕田は自分のこめかみを指でつついた。

「ちっとはここを使え――大柄で目立つ女なんだ。昼間、普通の仕事をしてりゃあ、あの似顔絵を見て、今どこそこで働いていますって情報が入るはずだろうが」

「あ……」

確かに仕事場に関係する情報は寄せられていなかった。鈴木真寿美を名指ししたK市内からの情報を除けば、他は「似ている女を見かけた」というものばかりだ。

箕田は続けた。

「鈴木真寿美は無職。養父が毎月振り込んでくれる十万円で暮らしてるってことだ。お前だったらどうする？　西地区の新しいアパートに住んで高い家賃を払うか」

「いえ……」

「だろ？　真寿美は東地区の安アパートにいる。おそらく、生活パターンは昼夜逆転だ。昼間は部屋に閉じ籠もり、夜中にフラフラ出歩いている。そうでなきゃ、コンビニ店主以外にも、この猪島町から似てます情報がバンバン上がってきてるはずだ」

瑞穂は思わず頷いていた。人間性はともかくとして、箕田という刑事は伊達に本部の強行犯係に配属されているわけではないということだ。しかし――。

「命令は西地区です」

箕田は舌打ちした。

「先を読め。どのみち、二時間も経ちゃあ命令は変更される。全員東地区へ向かえってな」

箕田の言わんとしていることはわかった。真寿美がいくら人目につかない生活を望もうが、少なくともアパートの大家や不動産業者とは面識がある。彼らは夕方のテレビニュースを見逃した。男たちの多くが目にするのは九時台から十一時台のニュースなのだ。真寿美のアパートが割れ、無線が現場急行を命じたその時、西地区をウロウロしていたのでは一番乗りは難しい。つまりは、瑞穂と箕田のペアに真寿美逮捕のチャンスはない。

「みすみす他の連中に賞をくれてやることはないだろうが。え？」

瑞穂は黙した。ブレーキを緩く踏み続けていた。車は今にも止まりそうだが、しかし、瑞穂の足は最後の一踏みを躊躇って（ためらって）いた。

箕田に近い気持ちがあった。

自分の手で犯人を捕らえたい。脳裏にはベッドに横たわる安奈の姿が鮮明だ。手柄を立てれば昨日のミスだって帳消しになる。

だが……。

警察官にとって上命下服は絶対だ。それに、いくら可能性が高いとはいえ、鈴木真寿美が東地区に住んでいるという確証はない。カンに頼って持ち場を離れ、万一、アパートは西地区だったということにでもなったらどうするのか。第一、それぞれが勝手な判断で動いたりしたら、チームワークは崩壊し、組織捜査が立ち行かなくなってしまう。

瑞穂はブレーキをぐっと踏んで車を停止させた。助手席に顔を向ける。

「やはり西地区をやるべきだと思います」

「車を出せ——東だ」

「警察官は命令の受任義務があります」

「ハッ！　それじゃお前は目の前で人が殺されても、命令がなけりゃ動かないのか」

「それは現行犯ですから——」

「真面目に答えるな馬鹿。いいからもうお前はここで降りろ」

「降りろ？　じゃあ、一人で東地区へ？」

「そういうこった——まったく、女ってやつは使いモンにならねえ」

心が高波を被った。

森島光男の台詞が蘇っていた。

だから女は使えねえ——。

瑞穂は唇を噛んだ。

この先、何度この台詞を聞かねばならないのか。婦警を辞めるまでずっとか。いや、男たちは、婦警を辞めさせるためにその台詞を口にしているのではないのか。

「おい、早く降りろ」

箕田の語気は荒かった。

瑞穂はハンドルをきつく握った。

「摑まってて下さい」

「何？」

瑞穂はアクセルを踏み込んだ。激しくタイヤが鳴き、猛然と車が発進した。

機捜隊の覆面パトと擦(す)れ違った。一瞬目に飛び込んできた隊員の顔は、箕田と同じく手柄に飢えていた。

## 13

東地区の空気は重たかった。

背の低いアパートの群れに加えて、マッチ箱を連想させる一戸建ての小さな借家が肩を寄せ合うようにして軒(のき)を連ねている。街灯が少なく、商店も疎(まば)らだ。朽(く)ちた無人のアパートが所々にぽっかりと闇の口を開き、ただでさえ薄暗い通りや路地を陰鬱なものにしている。西地区の一帯にはあったニュータウンの明るさと華やぎは、この東地区のどこにも存在しなかった。

前を行く箕田の背を追って、瑞穂はアパートとアパートの間の路地を小走りで進んでいた。東地区担当の強行犯三係は、外周から内側に向けて聞き込みの輪を狭めていく捜査手順。だから箕田はその逆に、地区の中心部にあるアパートから当たるという。箕田の案に同意したわけではなかった。だが、入り組んだ路地を奥へ奥へと分け入るうち、瑞穂は、鈴木真寿美が本当にこの近くに住んでいそうな気がしてきた。訳ありな人間たちの巣窟。そんな光景が確かにいま瑞穂の眼前にあった。

「よし、この辺りから始めるか」

箕田は、四方のアパートを見回しながら言った。

「本当にやるんですか」

「やりたくてついてきたんじゃないのか」

「三係の人たちに出くわしてしまったら何て言うんです?」

「そうなりゃなったで――」

箕田の言葉が途切れた。目が見開いている。その目は瑞穂の顔からやや逸れて、瑞穂の後方を見つめていた。

何……？

瑞穂は首だけ振り向き、暗がりに目を凝らした。路地に人影はない。十五メートルほど先の電柱に、パチパチと耳障りな音をたてる切れかかった街灯があって、そこが十字路になっているようだった。

瑞穂が顔を戻した時には、箕田の靴が道路を蹴っていた。

「左だ！」

瑞穂の傍らを駆け抜けながら箕田が叫んだ。反射的に瑞穂も体の向きを変えて走り出した。箕田の背中が十字路を左に折れた。瑞穂は走る速度を上げた。心臓が早鐘を打っていた。

まさか……？　まさか！

瑞穂は十字路を曲がった。

かなり前方に箕田の背中が見えた。全力疾走している。その先は見えない。だが、そう、箕田には見えているのかもしれない。逃走する鈴木真寿美の背中が――。

　瑞穂は懸命に走った。追いつくどころか箕田との距離はどんどん広がるばかりだった。その背中がまた左に折れた。このままでは見失ってしまう。瑞穂は力の限り走った。マラソンは苦手だ。短距離だって速くない。息が苦しい。心臓が破裂しそうだった。だが、ここで置いていかれるわけにはいかない。

　瑞穂は角を左に曲がった。かなり先を箕田が右に折れるのが見えた。それが最後だった。瑞穂は必死の思いで走り、路地を右に入ったが、もう箕田の姿を視界にとらえることはできなかった。

　瑞穂は走る速度を落とした。止まりはせずに、ジョギングほどの足で近くの路地を見て回った。箕田は見つからない。もう自分がどこにいるのかもわからなかった。

　瑞穂の足が止まった。

「ハア……ハア……」

　上半身を折り、膝に両手を当てて荒い息を吐き出した。四百メートル。いや、その倍は走っただろうか。

　瑞穂は弾(はじ)かれたように顔を上げた。

　音が聞こえた。

バン。そんな音だった。発砲音？　いや、違う。何かを強く蹴飛ばしたような……。瑞穂は音の聞こえたほうに歩き始めた。右だ。すぐ先の路地を右に曲がった、その時だった。

バーン。

また聞こえた。さっきより大きな音だった。瑞穂は小走りになった。次第に加速に乗り、またしても全力疾走になった。

箕田の姿を発見したからだった。

拳銃を構えている。

二階建てのアパートの前だ。一階隅の部屋のドアが開き、その中に向かって箕田が銃を向けている。その箕田がドアを蹴破ったのだ。ならば、中に鈴木真寿美がいる！

箕田が突入した。

瑞穂は転がるようにしてアパートへ走った。箕田が飛び込んだ部屋以外に、灯があるのは二階の一室だけだ。モルタルの壁はほとんど剝（は）がれ落ちてしまっている。箕田が蹴破った木製のドアも、海の家のシャワー室のように粗末だった。

瑞穂は肩で息をしながら中を見た。一間しかない部屋の中央に箕田の背中があった。

その向こう、奥の窓が開いていて、カーテンが風に揺れていた。

窓から逃げた！

「主任――」

一声掛け、瑞穂は土足のまま部屋に駆け上がった。その途端、驚くべき光景を目にした。炬燵（こたつ）の上だ。警察手帳、黒手錠、警笛、腕章……。壁や畳には、制服、制帽、帯革、手錠入れ、特殊警棒、警棒吊り……。

もはや疑う余地はない。犯人は、鈴木真寿美は警察マニア――。

瑞穂はハッとした。

拳銃がない。拳銃だけが見当たらない。

箕田はもう窓から外に飛び下りていた。

「主任、待って――」

瑞穂は窓に駆け寄った。

血走った目が向いた。箕田も肩で息をしていた。

「何だ！」

「応援は呼んだんですか！」

「馬鹿野郎、俺が追い詰めた獲物だ！」

言って、箕田は左右を見た。左に向け走った。

瑞穂は窓から顔を突き出した。表より幅員のある道が通っていた。右を見る。二十メートルほど先で廃車置場に突き当たる。何台も車が重ねて積み上げられ、その向こうに高い塀がある。そっちに逃げれば袋の鼠だ。

左を見る。道は隣のアパートの先で左に折れている。いま、箕田が曲がった。確かに逃げるならこっちだ。

瑞穂は窓から道に下りた。廃車置場のシルエットに一瞥をくれ、箕田を追って走り始めた。

瑞穂はゆっくり振り向いた。暗がり……。廃車の山……。

逃げずに隠れた。そう口の中で言ってみた。

なぜか。

運動が苦手だから。もう走れないから。

部屋に戻るつもりだから。マニアだから。グッズが大切だから。

裏をかこうとしてるから。刑事をやり過ごしてから逃げるつもりだから。

カララ～ン……。廃車置場のほうで音がした。

それは小さな音だったに違いない。

だが、瑞穂の耳には天地を揺るがすような大音響に聞こえた。

知らずに拳銃を抜いていた。

グリップの冷たい感触が脳にまで伝わった。

両手で握り締め、両腕を真っ直ぐ前方に突き出し、瑞穂は廃車置場に向かって歩きだした。一歩……また一歩……。息はまだ荒かった。その音が相手に聞かれているのではないかと気が気でない。

廃車置場に入った。

暗い。遠くの水銀灯の灯が辛くも届いているといったふうだ。

目を慣らし、凝らす。

廃車の山は十余り。狭い。さほど奥行きもない。だが、車の山がつくる死角が三つ……四つ……五つ……。

静寂。いや、瑞穂の吐き出す息の音だけがした。止めようとした。口を閉じた。だが、鼻から漏れる。長い距離を全力疾走した肺と気管は、どうしても言うことをきいてくれない。

コン。

心臓を鷲摑みにされた。

瑞穂は音に銃を向けていた。奥だ。一番奥の死角――。

引き金に人差し指を当てた。刃物のような感触が皮膚に食い込む。

静寂が耳に痛かった。

たまらず言った。

「誰かいるの？　いるなら出てきなさい」

反応があった。あまりに思いがけない形で。

「なんだ、女かよ」

小馬鹿にした声とともに、廃車の山の陰から黒い人影がのっそりと現れた。大きい。

暗がりに目が慣れていなかったら百パーセント男と見間違えた。

瑞穂の正面に、安奈と描いた似顔絵の顔があった。その距離およそ八メートル――。

「おかしいと思ったんだ。犬みたいにハアハア言ってやがるから」

物言いも男そのものだった。だが、何も恐れることはなかった。瑞穂が突き出した拳銃の照準は、真っ直ぐ鈴木真寿美の体の中心線に向いていた。

　瑞穂は言葉を喉から押し出した。

「動かないで」

「そっちこそ動くな！」

倍ほどの強さで言い返され、瑞穂は目を見開いた。真寿美も銃を手にしていたのだ。腰だめの辺りで構え、その銃口を瑞穂に向けている。

　瑞穂は叫んだ。

「銃を捨てなさい！」

「お前が捨てろ！」

「警察よ。もう逃げられないから！」

「逃げられるさ。お前を撃ち殺せば！」

「撃ち合えばあなたが怪我をする！　私は訓練を受けてるの！」

「安全ゴムは！」

「えっ？」

「ちゃんと安全ゴムは取ったのかって聞いてるんだよ」

　その言葉は雷鳴に聞こえた。

　忘れていた――。

　銃の暴発を防ぐため、引き金に嵌めてある安全ゴム。それを取らねば発砲できない。瑞穂は既に銃を構えてしまっている。この形からゴムを外すためには、引き金に当てた人差し指をいったん抜き、その指でゴムを押し出すしかなかった。

　ゆっくりと指を動かした。

「よせ！　取ったら撃つぞ！」

　瑞穂の指が止まった。

　直後に、高笑いが響いた。

「間抜け。だから女はだめなんだよ」

　瑞穂は唇を噛んだ。

　油断だった。が、安奈とは違う。相手が女だからではなかった。拳銃を構えさえすれば誰だって怯えて抵抗できないと思い込んでいた。銃の力を過信した。知らずに銃に頼っていた。あれほど畏れ、嫌っていたはずの銃に――。

「ラッキーだったよ。ホンモノのお巡りさんだったら、俺、今ごろ死んでたもんな」

瑞穂は真寿美を睨み付けた。

「ああ、ダメダメ、そんな顔したって。可愛い顔してるじゃん。お巡りさんにモテモテなんじゃないの？　それが目的で警察に入ったんだろう」

本当の男に見えた。顔も体も心も。

「じゃあ、こっちに銃を放りな」

瑞穂は俯いた。

「それ、S&Wだろ？　うう、最高――早く寄越せよ」

「できない……」

瑞穂は俯いたまま言った。

「できない？　死んでもいいのかよ？」

瑞穂はキッと目を上げた。

「あなたに銃は渡さない！」

「だったら殺す。殺して奪う」

「殺されても渡さない」

真寿美は首を傾げた。

「本当に死にたいの？」

「私は警察官だから——だから殺されても銃は渡せない」

　真寿美は微笑んだ。

「そんなことできないくせに……」

　女の声だった。

「スカートなんかはいてさ、そんなに股開いちゃって、アソコがスースー寒くない？　男に埋めてほしいんでしょう？　逞しいお巡りさんのアレでさ。だから婦警になんかなったのよね。そうでなきゃ、婦警になんかなる女がいるはずないもの」

「銃は渡さない……」

　瑞穂は真寿美の目を見据え、ゆっくりと引き金から人差し指を抜き始めた。

　真寿美が銃を突き出した。瑞穂の動きが止まった。

「できないくせに……」

　瑞穂の指が再び動いた。爪が安全ゴムに触れた。

　真寿美の顔が醜く歪んだ。

「女のくせに」

男の声だった。

瑞穂の指先は震えていた。

気づいた。真寿美の突き出した腕も震えていた。当たり前だ。次の瞬間、人を殺すかもしれないのだから。

瑞穂は静かに言った。

「私は撃たない。ゴムを外すだけ」

真寿美は低い声で言った。

「俺は撃つ。ゴムを外したら撃つ」

「あなたは撃てない。人を殺すことなんかできない」

「やってみな！」

二人は睨(にら)み合った。

瑞穂は奥歯を噛みしめた。人差し指に力をこめ、安全ゴムを押し出した。それはポロッと地面に落ちて転がった。

パン。

瑞穂の目が二倍ほどにも開いた。

右の肩が熱かった。

撃たれた……？

熱さのままだ。痛みは感じない。服と皮膚の間にドロリと流れるものがあった。

真寿美はガタガタ震えていた。銃口には硝煙が漂っていた。

「なぜ……？　撃つと思ったのに……なんで！」

もう男か女かわからなかった。

瑞穂は顔を顰めた。右腕が痺れていた。堪えきれずに、だらりと垂れ下がった。血が滴った。手の甲と指先を伝って、後から後から地面を打った。

瑞穂は左手一本で銃を構えていた。

真寿美は銃を突き出し、中腰の格好で瑞穂を威嚇した。

「どいて！　そこをどけ！」

パニック状態だった。どかなければ、きっとまた撃ってくる。だが――。

どくわけにはいかなかった。

警察官だから。

自分でその道を選んだのだから。

頭蓋(ずがい)に声が響いた。

撃つのよ瑞穂。撃ちなさい、撃たなきゃだめ——。

人差し指が引き金の圧力を感じた。

ふっと眩暈(めまい)を覚えた。

澄み切った青空が見えた。

草原の眩(まぶ)しい緑も。

瑞穂の生まれ育った山あいの風景だった。

真寿美がにじり寄ってきていた。

怖くなかった。少しも現実感がなかった。

なぜこんなところにいるんだろう。

なぜ銃なんか構えて……。

肩に痛みが走った。

撃つために決まっている。目の前の凶悪犯を倒す。撃たなければまた誰かが撃たれる。

母の顔が見えた。父もいた。可愛がってくれた祖母の笑顔も。

もう会えない。もう帰れない。

私は人を殺す——。

真寿美が奇声を発した。撃つ。

瑞穂は目を閉じ、引き金を絞った。

ごめんなさい……。

パン。

悲鳴が耳をつんざいた。

真寿美がもんどりうって倒れた。

胸から血を噴いている。手足をばたつかせ、血だまりの中で痙攣している。

瑞穂も膝から地面に崩れた。その背後で声がした。

「大丈夫か！」

箕田だった。銃を構えていた。硝煙が見えた。

瑞穂は自分の銃を見た。

「私……？」

「俺が撃ったんだよ」

瑞穂は箕田の腕の中に倒れ込んだ。サイレンの音が近かった。

「フラフラだったじゃねえか。あのままじゃ撃ち殺されてたぞ」

箕田の声は興奮していた。

ぼやけた視界で真寿美を見つめた。動かない。死んだのだ。いったいどんな人生……。

瑞穂は箕田の顔を見た。

ありがとうございました——。

その一言がどうしても出てこなかった。

救急車に運び込まれた。

「お願いです……。家には知らせないで下さい……」

搬送中、繰り返し言ったその言葉を、瑞穂は覚えていなかった。

14

干し草の匂いを嗅いだ気がした。

うっすら目を開けた。
手を固く握られ、摩られていた。
ベッドに張りつくようにして母がいた。目が真っ赤だ。
窓際に、怒ったような顔の父がいた。
開けていられなくて、また目を閉じた。
声が降ってきた。
「お前は牛に好かれる。いつでも帰ってこい」
聞いたこともないような、それは優しい声だった。

## 15

両親の次に瑞穂と面会したのは、本部監察課の海老沢監察官だった。

箕田が鈴木真寿美を射殺した時の状況について、五分ほどの聴取が行われた。瑞穂の心は混沌としていて満足な受け答えができなかったが、翌日の新聞には「正当な職務執行だった」とする監察課談話が載った。警察官が拳銃を使用した際には、全国どこの警察本部でも判で押したようにこの談話を発表する。

瑞穂の入院は二週間に及んだ。

見舞客は絶えなかった。

病室は婦警仲間で溢(あふ)れた。一足先に退院を果たした南田安奈は松葉杖をついて駆けつけた。広報室や被害者支援対策室の面々も来てくれた。少女殺しで一日だけペアを組んだG署の古参刑事、板垣泰造も見舞いに現れた。近くまで来たから。板垣は照れ臭そうに言って、メロンが三つも入ったフルーツバスケットを置いていった。

婦警担当係長の七尾は、仕事帰りに毎日顔を出した。一度、その七尾とともに本部警務課の二渡調査官が病室に顔を出した。現場復帰の意思があるかどうか質問された。瑞穂は答えを保留した。両親に対する気兼ねがあった。婦警を続けていく自信が揺らいでもいた。右肩の傷は癒(い)えたが、瞼(まぶた)に焼きついた鈴木真寿美の躯(むくろ)は消えることがなかった。

病室で何度も「犯人射殺」の新聞記事を読んだ。真寿美はやはり警察マニアだった。養父からの送金に加え、クロスワードパズルを作るアルバイトをしていて、その金を貯めてはブラックマーケットに流出している警察関係の官品を買っていたという。押収品を並べて撮影した大きな写真が掲載されていた。拳銃、実包、警察手帳、黒手錠、警笛、帯革、手錠入れ、特殊警棒、警棒吊り。

記事を読み返すたび、瑞穂の心は押し潰された。逮捕できず、死なせた。それが悔やまれてならない。箕田が一度も病室に現れないことも気掛かりだった。犯人射殺。同僚の婦警を助けるためだったとはいえ、自らの手で人の命を奪ってしまった心のダメージはいかばかりか。

瑞穂に対する監察課の再聴取が行われたのは、退院三日前のことだった。瑞穂は既に大部屋に移っていたから、病院側に頼んで医師がミーティングに使う小部屋を貸して貰（もら）った。

「今日は少々詳しく聞かせてもらうことになる」

海老沢監察官は重々しく言った。

正当な職務執行だった――それはあくまで外向けの決まり文句であって、部内的にはそんな一言で片付く話でないことは瑞穂にもわかっていた。

「しかし、君は我が県警のトラブルメーカーだな」

過去のことを言っている。瑞穂が起こした失踪騒ぎ……。強盗訓練の情報漏れ疑惑……。銀縁眼鏡の奥の瞳は、前にもまして冷たかった。

「まずは班長の指示を無視した点だ。なぜ、命令に背いて東地区に行った？」

瑞穂は顔を強張（こわば）らせた。

「それは……犯人が東地区にいる可能性が高いと判断したからです」

「箕田が言いだしたのか」

「いえ……」

瑞穂は口を濁した。

「二人で話しているうちに……そういう結論に……」

海老沢は瑞穂の目を見据えた。

「やはり、君は警察官の適性に欠けているようだな」

「えっ？」

「東地区の検索は自分が決めた。箕田はそう言っている」

瑞穂は俯（うつむ）いた。

「君の気持ちはわかる。箕田のお蔭で命拾いした。だが、庇（かば）い立てするようなことはやめたまえ。こっちは事実が知りたい」

瑞穂は顔を上げ、早口で言った。

「ですが、箕田主任の案に追従し、自分の意思で車を走らせました。私も同罪です」

「確かにそうだ」

海老沢は頷いた。

「では次だ。犯人のアパートを突き止めた時、なぜ君は応援を呼ばなかった？」

箕田との会話が耳にこびりついていた。

『応援は呼んだんですか！』『馬鹿野郎、俺が追い詰めた獲物だ！』

本当のことを言えば、箕田は刑事を外されてしまうかもしれなかった。瑞穂は追い詰められた気持ちになった。言えない。箕田は口が悪いだけなのだ。心はきっと違う。

事実、瑞穂の最大の危機を救ってくれたではないか。

「頭が真っ白になっていました。応援のことは浮かびませんでした」

「廃車置場で物音を聞いた時もか」

「ええ。夢中でしたから……」

銀縁眼鏡が光った。

「手柄を望んだのか」

「……少しはそういう気持ちがあったかもしれません」

　瑞穂は自虐的な思いで言った。

「君は銃を抜いて構えた。だが、安全ゴムを付けたままだったために、鈴木真寿美に主導権を握られた――そうだったな？」

「そうです」

「安全ゴムを外した瞬間、鈴木に発砲され被弾した」

「はい。そうです」

「鈴木はパニック状態に陥り、再び発砲する気配を見せていた」

「その通りです」

　海老沢は一拍置いた。

「ここからは箕田のことだ。君が見たままを正直に答えるように」

「はい……」

「撃つ前に、箕田は鈴木に対して警告を発したか」

　警告――。瑞穂は瞬き(まばた)を止めた。

　海老沢は身を乗り出した。

「撃つぞ。箕田はそうした言葉を口にしてから発砲したのか。それとも、何も言わず、いきなり発砲したのか。どっちだ？」

「それは……」

瑞穂の目は宙を泳いだ。警告を聞いた覚えはない。だが、被弾した瑞穂は心身ともに普通の状態ではなかった。箕田は警告を行った。そうだったかもしれない。

いや……。あの場合、警告は必要ないはずだ。『けん銃警棒使用・取り扱い規範』が見直されたからだ。警察官自らの生命に危険が及んだ際は拳銃使用を躊躇(ためら)わない。凶器を手にした犯人に襲撃されたり、犯人が被害者を銃で撃とうとしているといった緊急事態においては、警察官は予告なしで拳銃を発砲できる。

真寿美はまさに瑞穂を撃とうとしていた。緊急事態だった。だが――。

瑞穂は海老沢の瞳を探った。規則は単なる建前ということもある。警告なしに撃った。そう認定された場合、箕田の人事考課に赤字が書き込まれる恐れは高かった。

「どうなんだね？　答えたまえ」

海老沢の顔は険しかった。

瑞穂は言った。

「覚えていません」

海老沢はしばらく瑞穂の目を見つめていた。

「いいだろう」

海老沢は書類を片付け始めた。

「おそらくまた聞かせてもらうことになる」

「あの……」

瑞穂は小声で言った。

「箕田主任はどうしてるんでしょう?」

海老沢は意外そうな顔をした。

「あれから会ってないのか」

「ええ……」

「箕田は見舞いどころじゃない。葬式の準備で忙しいんだ」

「えっ? どなたか……?」

「一昨日、彼の同期の人間が首を括(くく)った」

瑞穂はぎょっとした。

「本部警務課の装備係にいた土田という主任だ。知ってるか」

土田……。名前と顔ぐらいは知っていた。青白い顔をした、神経質そうな細身の本官だ。

「なぜ自殺なんか……」

瑞穂が言うと、海老沢は荒い息とともに吐き出した。

「それがわからんから困ってる」

「わからない……?」

「他言無用だ。新聞発表はしていない」

そう言い残して、海老沢は小部屋を出ていった。

瑞穂は大部屋に戻った。

心配そうな母の顔が待っていた。

瑞穂は上の空だった。話し掛けられても生返事を繰り返した。夕方になって七尾が来たが、やはり会話は弾まなかった。

頭がモヤモヤしていた。

夜は眠れなかった。

瑞穂の脳裏にはパズルがあった。

鈴木真寿美が得意だったというクロスワードパズルだ。タテのカギ……。ヨコのカギ……。瑞穂は、自分がたくさんのヒントを知っているような気がしてならなかった。

キーワードは何か。

そして、言葉をクロスさせて見えてくる答えは——。

## 16

退院の前日だった。

瑞穂はタクシーで県警本部に向かっていた。

閃き（ひらめ）とともに病室を飛び出した。母が止めたが振り切った。わかったのだ、クロスワードパズルの答えが。

キーワードは真寿美が発した言葉だった。彼女は、廃車の山の陰から姿を現す時にこう言った。

『おかしいと思ったんだ。犬みたいにハアハア言ってやがるから』

確かにあの時、瑞穂は息が上がっていた。その荒い息遣いを真寿美に気づかれ、動きを察知されていたのだ。だが――。

瑞穂のほうは、真寿美の息遣いにまったく気づかなかった。

真寿美も走ったはずだった。東地区の中心部の十字路で箕田に目撃され、全力で走ってアパートまで逃げ帰ったのだ。運動は苦手でスポーツ経験がない。なのに真寿美は息が切れていなかった。ケロリとしていた。

なぜか？　答えは簡単だ。真寿美は走らなかったということだ。ならば、バイクか自転車で十字路を通過したのか？

違う。

十字路の電柱の街灯は切れかかっていた。十五メートルも離れていながら、街灯が発するパチパチという音が聞こえた。辺りは静かだったのだ。たとえ自転車であっても、その通過する音を瑞穂が聞き逃すはずはなかった。

要するに、真寿美は、あの時、あの十字路を通過しなかった。なのに、箕田は走りだした。さも、真寿美の姿を目撃したかのように――。

タクシーは県警本部前に滑り込んだ。

瑞穂は小走りで階段を上がった。右肩の傷が痛みだした。捜査一課のある五階は遠かった。右手で自分の体をしっかり抱くようにした。そうして右肩を固定し、左手で手すりを伝って階段を上がった。

箕田は最初から真寿美の住むアパートを知っていた。そう考えれば、すべての謎は解ける。班長の指示を無視して東地区に乗り込んだこと。応援を呼ばなかったこと。真寿美の息が切れていなかったことも、だ。真寿美はずっとアパートの自室にいた。ドアが破られそうになったので窓から逃げたのだ。

もう一つの重要なキーワードは「消えた制服」だった。

瑞穂は真寿美のアパートで見た。炬燵（こたつ）の上に、警察手帳、黒手錠、警笛、腕章があった。壁や畳には、制服、制帽、帯革、手錠入れ、特殊警棒、警棒吊り。

だが、警察が新聞発表した押収品の写真には、制服と制帽、そして腕章の三点が写っていなかった。瑞穂は広報室にいたことがあるからわかる。こうした写真をマスコミに提供する場合、警察というところは、あたかも「戦利品」とばかりすべての押収品を並べて撮影する。ましてや、今回の事件では警察官が銃で犯人を射殺してしまっている。一般市民の反感や非難の声を最小限に抑え込むために、犯人の凶悪さや異常性を強調したいという心理が働く。「犯人はこんなにたくさん警察の官品を集めていた」「市民の間にニセ警官が紛れ込んでいた」。写真にそう語らせたい警察が、制服や制帽などの「大物」を外してしまうはずがないのだ。

ここから導かれる結論は一つだ。

制服、制帽、腕章の三点は押収されなかった。箕田が真寿美の部屋から持ち出して廃棄したのだ。瑞穂と真寿美が廃車置場で銃を向け合っている時に。

最後のキーワードが「警務課装備係」であることは言うまでもない。自殺した土田主任は自らの職務の立場を利用し、おそらくは新品との交換時に回収した官品の一部を廃棄処分にせず、ブラックマーケットに横流ししていた。同期の箕田がグルだった。土田が自殺した結果を鑑(かんが)みれば、箕田に無理強いされていたのかもしれない。いずれにせよ、蛇(じゃ)の道は蛇(へび)ということか、箕田か土田のどちらかは警察マニアである真寿美と面識があった。制服、制帽、腕章の三点は「直接売買」だった。だからこそ、箕田は真寿美を殺し、制服など三点を回収する必要に迫られたのだ。

五階。刑事部捜査第一課――。

瑞穂は左手で黒い扉を押し開いた。大部屋は閑散としていた。強行犯四係のシマには、殿木班長が独りいた。机に足を投げ出し、物思いに耽っている。頬のヤッパ傷が、光の加減だろうか、いつもより深く、そして、物悲しく目に映った。

声を掛けると、鷹を連想させる鋭い眼光が動き、瑞穂に向いた途端に丸みを帯びた。

「よう。原隊復帰だってな」

「明日からです——それより、箕田主任はどこですか」

殿木は眩しそうに瑞穂を見た。

「ゆうべからL署で汗をかいてる」

符丁を思わす台詞だった。

「わかりました」

瑞穂は踵を返し、ドアに向かった。その背に声が掛かった。

「銃はいらんのか」

気持ちを読まれた。瑞穂は振り向いて言った。符丁には符丁で返す。

「所持しています」

タクシーを呼び、県警本部を出た。L署までは五分の距離だ。

胸は怒りではち切れそうだった。

瑞穂が描いた似顔絵で真寿美の身元が割れた。箕田はさぞや慌てたことだろう。真寿美が捕まれば、自らの不正が発覚してしまう。だから芝居がかった殺人計画を立てた。東地区に入り、全速力で走って瑞穂を引き離し、アパートに突入して真寿美を射殺する。あとはアメリカ映画よろしく真寿美の手にニューナンブM60を握らせれば完結だった。「ホシがこっちに拳銃を向けた。だから躊躇（ちゅうちょ）なく撃った」。大幅に緩和された『けん銃警棒使用・取り扱い規範』を悪用しようと考えたのだ。

真寿美が窓から逃げ出したので計画は少し狂った。が、結果は計画を上回った。箕田は、ペアを組む婦警の命を守るために発砲する、という最高のシチュエーションを手に入れた。しかも、その婦警は、箕田の発砲の正当性を証明する「生き証人」でもあるのだ。

L署はごった返していた。

署員の目が血走っている。敷地内には、新聞テレビの車と人が鈴なりになっていた。

「あ、ちょっと――」

瑞穂は署の一階フロアで若い巡査をつかまえた。制服も靴もピカピカだから卒業配置されたばかりの新任に違いない。

「捜査一課の平野です」

瑞穂が名乗ると、巡査は風を切るように敬礼をした。

「ご苦労さまです！」

「何か事件ですか」

「はい！　たった今、四階会議室で記者会見が始まりました。制服の横流し事件で、一課の刑事さんに逮捕状が執行されたので」

殿木班長の台詞が耳の奥で反響していた。

ゆうべからL署で汗をかいてる――。

ありがとう。力なく巡査に言って、瑞穂は署を出た。

捜査一課の仕事か。それとも監察課の手に落ちたのか。いずれにしても、土田主任の自殺が、箕田にとっても命取りとなったに違いなかった。

表通りでタクシーを拾おう。瑞穂は署の敷地を出掛かって、しかし、足を止めた。

広報室で学んだ。マスコミに被疑者の写真や映像を撮られたくない時は、記者会見の最中にこっそり地検に押送する――。

瑞穂は署庁舎の脇を通って、裏の職員駐車場に回った。

怖いほどピシャリと勘が当たった。

署庁舎の外階段を、両手錠を掛けられた箕田が下りてくるところだった。両脇を、体軀(たいく)のいい看守に固められている。

やる瀬ない光景だった。

瑞穂は歩きだした。灰色の押送車に向かう三人の前に立ちはだかった。箕田は、やつれた顔に野卑な笑みを浮かべた。

「よう、相棒」

二人は足を止めて見つめ合った。

「私もそう思いました」

瑞穂は言った。

「口では婦警を悪く言ってても、やっぱり相棒だと思ってくれている。あの時も、仲間だから助けてくれたんだ、って……そう思ってました」

箕田は鼻で笑った。

瑞穂は箕田の真ん前に歩み寄った。

右手をスッと上げた。

箕田の胸に銃を突きつけた。正確に、心臓の在り処に。

箕田がビクッと体を強張らせた。両脇の看守も。

指鉄砲だ。

瑞穂の人差し指。その細く白い指先が、箕田の服に食い込んでいた。

「ハッ……ハハッ……お前、冗談は……」

箕田の顔は笑っていなかった。

瑞穂は指先に力を込めた。

「ここにもあるんですね……。人の心にも銃口が……」

箕田の頰が引きつった。早鐘を打つ鼓動が、指先を伝って届く。

「さようなら」

瑞穂は引き金を引いた。

箕田の足が、一歩だけ後ろによろけた。

瑞穂は踵を返した。右腕で自分の体を抱き締めた。そうしなければ肩の痙攣を止められそうになかった。

瑞穂は歩きだした。

楽な場所を探していた。
だからといって、心の痛みを涙で癒すのはもう嫌だった。

# エピローグ

三月三十一日――。

D県警本部本庁舎。一階の裏通用口から板垣泰造がのそりと出てきた。

正面玄関のほうから賑（にぎ）やかな音楽が聞こえてくる。県警音楽隊の奏でるマーチだ。定年退官を迎えた警察官を職員総出で見送るセレモニーが行われている。

板垣もこの日県警を去るが、他の退官者たちとは少々事情が異なる。定年まで四年を余しての早期退職だ。寒村の畑を守って生きた父が逝（い）き、この際、跡を継いでやろうという気になった。刑事を三十六年間やった。上から、後は専門官としてのんびり内勤をやってくれと労（ねぎら）われ、それが辞める直接のきっかけになった。

思い残すことはない。まあ、これからは、好きな鮎（あゆ）釣りだってたっぷりと――。

「あっ、いたいた！」

声に振り向くと、制服制帽姿の婦警が駆け寄ってくるところだった。

平野瑞穂巡査だった。

「よう、どうした？」

「どうしたじゃないですよ。板垣さん、なんでセレモニーすっぽかしたんです？　私、散々探しちゃいました」

「ああ、俺は半端でやめるわけだからな」

「そんなことないですよ！」

瑞穂は怒ったように言い、はい、と大きな紙袋を差し出した。

「何だい？」

「フフッ、開けてみて下さい」

似顔絵だった。はにかんだような笑みを浮かべた板垣の似顔絵が額に納まっている。

「へえ、いつスケッチした？」

「記憶で描いたんです。忘れました？　私の専門ですよ」

板垣は大切そうに額を袋に戻した。

「遺影の代わりに使わせてもらうわ」

「またあ！」

「ああ、そう言やあ、異動名簿見たよ。鑑識に戻れたらしいじゃないか」

「そうなんです！」

「肩のほうはもう大丈夫なのか」

「あ、ええ、へっちゃらです」

瑞穂はニッコリ笑って、力こぶを作る仕種をみせた。

無理して笑っているように見えた。

板垣は瑞穂の瞳を見つめた。

何か励ましの言葉をと思った。確かさっき、本部長が最後の訓示の中でうまいことを言った。貴君らの第二の人生の前途に……。

思考を巡らせているうちに、瑞穂は真顔に戻り、ピッと背筋を伸ばした。

敬礼――。

「長い間、大変お疲れ様でした！　いつまでもお元気で！」

眩しいばかりの婦警がそこにいた。

胸が熱くなり、板垣は言葉を返せなかった。

瑞穂の背中が小さくなってから、ようやく贈る言葉が見つかった。
板垣は口の中で呟(つぶや)いた。
若鮎のような婦警、平野瑞穂の前途に幸多(さち)からんことを――。

JASRAC 出2201048-201

# 解 説

細谷正充

平野瑞穂、二十三歳。階級は巡査。D県警の機動鑑識班に所属し「似顔絵婦警」として活躍していたが、一年前のとある事件で休職する。一時は警察を辞めることも考えたが、結局は復職し、現在は秘書課の広報公聴係に配属されている。これが本書『顔』の主人公だ。

ヒロインのプロフィールを見て、あれっと思った読者も多いことだろう。そう、平野瑞穂が登場するのは、本書が初めてではない。作者の第一著書『陰の季節』に収録されている「黒い線」で、すでに顔を見せているのだ。

もっとも「黒い線」の瑞穂は、主役ではなかった。彼女は事件を引き起こす側で、その謎を解く主人公を務めたのは、本書で脇役として登場するD県警婦警担当係長の七尾友子である。この事件については、本書の第一話「魔女狩り」で触れられているが、「黒い線」の内容を明らかにしている。「黒い線」を未読の人は、是非、そちらを先に読んでいただきたいものである。

また、横山秀夫のミステリー作法を、より深く理解したい読者には、「魔女狩り」で書かれた一年前の事件の部分と、「黒い線」を読み比べてみることをお薦めしたい。ある事実を、どのような視点から描くことで、魅力的なミステリーの謎となるのか。その見事な実例が、ここにあるのだ。

ちょうど名前が出たので、作者の経歴について簡単に記しておく。横山秀夫は、一九五七年、東京に生まれた。国際商科大学卒。上毛新聞の記者を経て、フリーライターとなる。記者時代は、幾つかのスクープをものにしたという。一九九一年『ルパンの消息』で、第九回サントリーミステリー大賞に佳作入選。一九九八年に「陰の季節」で、第五回松本清張賞を受賞。同年、受賞作を表題にした短篇集『陰の季節』を刊行するや、新たな警察小説の書き手として、注目を集める。以後、各小説誌に、次々と短篇を発表。人気作家の地位を確立した。二〇〇〇年に「動機」で第五十三回日本推理作家協会賞を受賞。二〇〇二年には初の長篇『半落ち』を出版。大きな話題を呼んだ。翌二〇〇三年には、自身が記者時代に遭遇し、取材に携わった日航機墜落事故を題材にした『クライマーズ・ハイ』を刊行。こちらも大きな話題となる。二〇〇五年の『震度0』以後、数年にわたり新刊が途絶えるが、体調不良に陥っていたからだそうだ。しかし、二〇一二年の『64（ロクヨン）』で復活。二〇一九年には『ノースライト』を刊行した。どちらの作品も、高い評価を受けている。なお、多数の作品が映画化・テレビドラマ化されていることも付け加えておきたい。まさに、現代ミステリー界の巨匠というべき作家なのである。

『顔』は、二〇〇〇年から二〇〇二年にかけて「問題小説」に断続的に掲載された短篇五編が収録されている。単行本は、二〇〇二年十月に、徳間書店から刊行された。また、二〇〇三年には、本書と同タイトルでテレビドラマ化されている。主演は仲間由紀恵。ＤＶＤも発売されているので、興味のある人は、こちらにも手を伸ばしていただきたい。

第一話「魔女狩り」は、広報公聴係でくすぶる平野瑞穂が、先の総選挙を巡る大掛かりな買収事件で、Ｊ新聞が連発する特種の謎に挑む。Ｊ新聞に内部情報をリークしているのは誰か？　そして、その方法は？　婦警を軽視する上司への反発から、汚れ仕事に手を染めた瑞穂は、意外な真実に到達する。

いやもう、ヒロインの置かれた状況が、なんともハードである。男の論理で動く警察社会の中で、軽視され抑圧される婦警という立場。一年前の事件のトラウマ。再び、最前線に復帰したいという焦り。本当の警察が、ここまでギスギスしているかどうかは知らない。だが、本書を読んでいる間は、肌がひりつくようなリアルさを感じる。それこそが物語のリアリティであり、作者の筆力であろう。ヒロインの姿を追って、横山秀夫の世界に、グイグイと引き込まれてしまうのである。

また、ミステリーとしても、この作品は読みどころが多い。なにげない描写の断片がひとつにまとまり、意外な真実が立ち上がるラストは圧巻だ。しかも、情報の受け渡しが、男性社会の盲点を突く方法で行われているではないか。優れたミステリーは、提示される謎そのものが、作品のテーマと直結しているものである。なにもかもが高いレベルで結実した、素晴らしい作品だ。

続く「決別の春」で瑞穂は、捜査一課犯罪被害者支援対策室に異動する。ものものしい名前の部署だが、なんのことはない、電話相談室だ。なれない仕事にとまどいながらも、ある電話を受けたことから、瑞穂は新たな事件に飛び込んでいく。以下、殺人犯逮捕の決め手になった似顔絵が、あまりにも犯人そっくりだった為、一年前の悪夢が甦る「疑惑のデッサン」。銀行強盗の通報訓練中に、本物の銀行強盗が発生する「共犯者」と、魅力的な謎と、鋭い切れ味で読ませる作品が並んでいる。

そしてラストの「心の銃口」で瑞穂は、強行犯捜査係に駆り出される。拳銃携帯が婦警にも認められるようになった矢先、婦警が襲われ拳銃が奪われるという事件が発生。婦警軽視の相棒と事件を追うことになるのだ。この作品では、瑞穂の他にも、拳銃を奪われる南田安奈や、婦警の拳銃携帯に尽力した七尾友子などが登場し、さまざまな角度から、婦警の問題に光が当てられている。特に安奈が拳銃を奪われる理由は、この問題の難しさを、あらためて教えてくれるのだ。もちろんミステリーの仕掛けも、抜群の面白さ。掉尾を飾るに相応しい秀作である。

さらに、各作品を通じて、たしかな手ごたえを持って屹立してくる、ヒロインの魅力も見逃せない。警官として、女として、幾つもの悩みを抱えながら、ときに自分の職務を超えてまで謎を追う瑞穂。何が彼女を、そこまで突き動かすのか。ひとつは、溢れんばかりの正義感であろう。だが、それだけではない。もうひとつの理由として、あくなき真実の渇望が挙げられる。

たとえば「疑惑のデッサン」の中に、こんな文章がある。

「瑞穂は知りたかった。この絵を描いたのはどんな人か。いつ、どんなふうにして描かれたのか。謎の無表情に隠されている感情は果たして何なのか」

これは、古美術店の所持する絵画に魅了されている瑞穂が、そこに描かれた女性の表情の秘密を知りたいと思う場面である。事件でなく、それを知ったからといって自己満足以外の何もない。だけども謎があれば、追究せずにはいられない。それもまた瑞穂の行動原理であり、警官としての〝正しき資質〟である。

正義感と、真実の渇望。このふたつが、平野瑞穂という女性の内で渦巻いている。つまり彼女は、骨の髄まで警官なのだ。男権社会の警察では、女というだけで警官扱いされないことがある。それでも彼女は婦警であり続けた。その意志の力が、平野瑞穂というヒロインの魅力になっているのである。

本書は、瑞穂が古巣の鑑識班に復帰したところで終わる。これからも彼女は、警察機構の中で、迷い傷ついていくことだろう。だが、大丈夫だ。どん底であがきながら、ついに逃げなかった瑞穂のことである。今だって「だから女は使えねぇ」といわれながらも、昂然(こうぜん)と〝顔〟を上げて、職務をこなしているはずだ。主役でなくてもいいから、頑張っている彼女の姿を、もう一度、見たいものである。

(二〇〇五年三月刊　再録に際し加筆修正)

この作品は2005年4月刊行の『顔』(徳間文庫)
に加筆修正しました。
なお、本作品はフィクションであり実在の個人・団体
などとは一切関係がありません。

徳間文庫

# 顔(かお) FACE(フェイス)

〈新装版〉



2022年3月15日 初刷

著者 横山秀夫(よこやまひでお)
発行者 小宮英行
発行所 株式会社徳間書店
東京都品川区上大崎三-一-一 〒141-8202
目黒セントラルスクエア
電話 編集〇三(五四〇三)四三四九
販売〇四九(二九三)五五二一
振替 〇〇一四〇-〇-四四三九二
印刷
製本 大日本印刷株式会社

ISBN978-4-19-894729-3 (乱丁、落丁本はお取りかえいたします)

# 徳間文庫の好評既刊

## 痣（あざ）

伊岡瞬

平和な奥多摩（おくたま）分署管内で全裸美女冷凍殺人事件が発生した。被害者の左胸には柳の葉のような印。二週間後に刑事を辞職する真壁修（まかべおさむ）は激しく動揺する。その印は亡き妻にあった痣と酷似していたのだ！　何かの予兆？　真壁を引き止めるかのように、次々と起きる残虐な事件。妻を殺した犯人は死んだはずなのに、なぜ？　俺を挑発するのか——。過去と現在が交差し、戦慄（せんりつ）の真相が明らかになる！